Un regalo inesperado

Camilo Cruz

TALLER DEL ÉXITO

Un regalo inesperado

Publicado por:

Taller del Éxito, Inc.
1669 N.W. 144 Terrace, Suite 210
Sunrise, Florida 33323
Estados Unidos

Editorial dedicada a la difusión de libros y audiolibros de
desarrollo y crecimiento personal, liderazgo y motivación.

Diseño de carátula y diagramación: Diego Cruz

ISBN 10: 1-607380-68-4
ISBN 13: 978-1-60738-068-9

Printed in the United States of America
Impreso en Estados Unidos

Primera edición

13 14 15 16 17   R|UH 09 08 07 06 05

#10   12-30-2014 12:46PM
Item(s) checked out to CONTE, LUCRECIA A

DUE DATE: 01-20-15
TITLE: Un regalo inesperado
BARCODE: 33090015913231

DUE DATE: 01-20-15
TITLE: Exilio
BARCODE: 33090011404870

En el año de 1536 Don Gonzalo Jiménez de Quesada comandó la primera de varias expediciones que partieron de Cartagena de Indias con la intención de explorar las ricas tierras del reino de la Nueva Granada. En su recorrido hacia el interior del continente, aquel primer ejército conquistador —del cual formaron parte el Teniente Luis Antonio Saldaña y su hermano Ramón Vicente, Sargento Primero— debió afrontar increíbles peligros, plagas tropicales y numerosas pugnas con tribus indígenas.

En 1551 Francisco Núñez de Pedroso, Capitán de la tropa, obtuvo licencia para establecer una población en la ribera izquierda del imponente Magdalena, región habitada por las tribus de los gualíes y los panches. Fue así como el 28 de Agosto de aquel año, en tierras del Cacique Marquetá, se fundó la ciudad bajo la advocación de San Sebastián, santo patrón al cual solían encomendarse los heridos de flechas envenenadas. Doscientos años más tarde, durante época de La Colonia, San Sebastián sirvió como sede a la llamada Real Expedición Botánica, ordenada por el Rey Carlos III y dirigida por el sabio José Celestino Mutis.

Es en este escenario fantástico de la geografía colombiana —rico en Historia, leyendas y costumbres—, que se sitúa la hacienda La Victoria. Y es allí donde un hecho insólito habría de regalarnos una de esas lecciones cuyas enseñanzas perduran a través de los siglos.

PRÓLOGO

UN SIGLO MÁS TARDE, lo sucedido aquel año en la hacienda La Victoria aún es visto por muchos como una obra de la Divina Providencia. Aunque hay quienes piensan que no fue más que un simple golpe de suerte y otros, una inexplicable jugada del destino. Sin embargo, todos coinciden en que lo ocurrido allí es una evidencia más de esa sabia e infalible ley que se encarga de recompensar a cada cual, no con lo que desea, ni con lo que busca, sino con lo que merece.

De cualquier manera, ese año de 1834 fue testigo de un singular evento que unió el destino de tres personas en un hecho que cambió el curso de sus vidas. Cuando todo estuvo dicho y hecho fue como si la naturaleza misma se hubiera confabulado para que cada quien recibiera lo justo: un regalo inesperado del cual se ha llegado a saber en todos los rincones de la Nueva Granada.

A finales de siglo, mientras visitaba París, tuve la fortuna de conocer a don Juan Crisóstomo Ruiz, un poeta extranjero, quien jamás había oído mencionar el cantón de Honda ni la provincia de San Sebastián —en cuyos alrededores sucedió lo relatado aquí—. Varias tardes conversamos sobre nuestros países de origen. Le hablé acerca de La Victoria y hasta compartí con él algunas de las anécdotas que mi padre me contara. Me complació mucho ver lo interesado que parecía estar en los pormenores de esa época cuando mamá llegó a vivir a la hacienda. Recuerdo que comentó con especial entusiasmo sobre la actitud detectivesca con la que me propuse desentrañar cada detalle de lo sucedido aquel 1834.

Antes de emprender mi viaje de regreso a casa me llamó a un lado y me dijo que quería obsequiarme un poema que él escribiera años atrás, que a su modo de ver, daba cuenta de lo que yo le había relatado. Tenía razón el poeta; así lo entendí cuando leí ese verso que dice:

"Muy cerca de mi ocaso, yo te bendigo vida,
porque nunca me diste ni esperanza fallida,
ni trabajos injustos, ni pena inmerecida...".

— I —

El tiempo destructor no en vano pasa...

CUANDO LEVANTÓ EL MAZO para asestar el primer golpe vaciló un momento al caer en cuenta de lo que estaba a punto de hacer. En tan solo unos instantes su mano se encargaría de echar por tierra la casa que un día fuera el corazón y el alma de toda la región, aunque para algunos había terminado por convertirse en una fea cicatriz en el rostro de aquella majestuosa hacienda. El golpe rompería en mil pedazos la roca erosionada por más de un siglo de abnegado servicio —eso era seguro—, pero nada hubiese podido prepararlo para lo que encontraría entre los escombros de la desvencijada casona.

Las desgastadas paredes se vendrían abajo sin ofrecer mayor resistencia, dejando libres las memorias que mantuvieron cautivas durante ciento veinte años. La felicidad, el dolor y las demás emociones que rondaran por su interior se disiparían con el viento, junto con el recuerdo del llanto de los once críos nacidos allí a lo largo de cuatro generaciones. Se esfumarían los sueños, las ilusiones y las aventuras que muchos Saldañas forjaron bajo ese techo desde el mismo momento en que Juan Vicente —bisnieto del primer Saldaña que llegó a San Sebastián como edecán personal del fundador de la Nueva Granada— la construyera durante el verano de 1713.

Solo el patrón sabía lo que caía oculto entre los restos de piedra, adobe y madera. Lo percibió en la tristeza con la que le dio la orden de derrumbarla, días antes a la víspera del viaje.

Simón Saldaña estuvo todo el día haciendo los últimos preparativos de la travesía que lo llevaría por el río Magdalena hasta su desembocadura en el mar Caribe.

Después de la cena pasó un largo rato hablando con su sobrina. Ahora tenía la costumbre de conversar mucho con ella. Al caer la noche, envió por sus dos capataces para hacerles algunas recomendaciones de último momento. Revisó una vez más las responsabilidades de cada uno. Mi padre lo observaba con atención, era evidente lo difícil que le resultaba encontrar las palabras adecuadas para expresar lo que tenía atravesado en el pecho.

—Mateo... —su voz apenas perceptible—. Debo confiarte una tarea penosa —hizo una pausa y apretó los ojos, como tratando de hallar una razón para no dar aquella orden—. Quiero que guardes con el mayor cuidado todo cuanto hay en la casona y luego derrumbes esas cuatro paredes antes de que el tiempo lo haga sin avisar y alguien resulte lastimado.

—Pero, don Simón... —interrumpió él, sabiendo lo mucho que aquel lugar significaba para su patrón.

—Mateo, te he encomendado esta tarea porque tú mejor que nadie sabes lo mucho que representa para mí cada objeto, cada libro y cada pedazo de papel que se encuentran allí. Si fuera posible pedirte que guardaras las mismas paredes, te lo pediría. Quiero que esto se haga en mi ausencia porque cuando hayas terminado de tumbar esa vieja casa, un trozo de mi vida habrá dejado de existir.

Él advirtió en su voz el profundo dolor que le causaba encomendarle aquello. Numerosas veces le escuchó decir que allí se hallaba el más valioso tesoro de su hacienda: la semilla de cien fortunas más —resonaban aún sus palabras—.

Pero mi padre era tan joven aún que no conseguía imaginarse a qué se estaría refiriendo: ¿oro, títulos de otras propiedades, promesas reales…?

Años atrás, cuando aún vivía Ramón Saldaña, la casa había servido de morada a personalidades de gran importancia que visitaron la región. En cierta ocasión, en medio de uno de los peores inviernos que azotaran la zona, se albergó en ella el mismísimo José Celestino Mutis, el más ilustre hombre de Ciencia en arribar a San Sebastián y a la Nueva Granada, dirían muchos. Sucedió durante uno de los tantos viajes que el científico realizó con el fin de estudiar la flora y la fauna de la provincia. Una tarea que, según se supo más tarde, le fue encomendada por el propio Carlos III, quien era un estudioso de la botánica y deseaba conocer todo lo referente a los recursos naturales de las colonias de la Corona. A menos de dos jornadas de haber empezado su recorrido, Mutis debió refugiarse en la hacienda a causa de un aparatoso diluvio que cayó sin anunciarse y no paró hasta veintinueve días después. Durante ese tiempo el letrado gaditano y el joven Simón entablaron una profunda amistad que perduró hasta la muerte del sabio, quince años más tarde.

Cuando la expedición se puso en marcha de nuevo, Simón, que entonces contaba con tan solo diecinueve años, la acompañó durante dos meses en los que conoció cada rincón de la provincia y desarrolló un intenso amor por la naturaleza. Como resultado de ese viaje llegaron a La Victoria los primeros almendros y el propio Simón plantó doscientos canelos de semillas que Mutis le regaló, luego de instruirle sobre los múltiples beneficios y bondades de la especia.

La casona era también su refugio, el lugar donde se retiraba a meditar y deliberar antes de tomar cualquier decisión importante, el sitio donde se recluía a digerir sus dolores. Allí pasó más de una semana, solo, poco después de la muerte de su joven esposa. Únicamente las súplicas de Hortensia, su criada de siempre, lo persuadieron para que aceptara algo de comer, cuando ya llevaba cuatro días de ayuno que hicieron que muchos pensaran que jamás se recuperaría de tan duro golpe. Fue la única vez en que el optimismo pareció abandonarlo. Una profunda melancolía se apoderó de él y todo dejó de tener sentido. Debió pasar un largo tiempo antes de que volviera a desplegar el entusiasmo y el ímpetu por la vida que siempre lo caracterizaron.

Mi padre sabía el significado que ese recinto tenía para su patrón, los muchos recuerdos que atesoraba. Pese a contar con un puñado de hermosos parajes y estancias en la hacienda adonde retirarse a escribir, siempre prefirió aquel lugar. No se trataba solo de derrumbar cuatro muros ajados, era hacerlo sin perturbar la sabiduría que impregnaba cada rincón; era tratar de preservar el recuerdo de Isabel, presente en cada uno de los rayos de luz que se filtraban por entre el adobe agrietado dibujando figuras fantasmagóricas al reflejarse en el polvo que levantaba la brisa; era deshacerse del viejo espacio físico sin destruir o perturbar el ambiente sobrenatural y místico que allí reinaba.

—Sé cuánto representan esas paredes para usted, patroncito, y lo difícil que debe haber sido esta decisión —dijo él queriendo reconfortarlo—. Haré lo que me pide con el mayor cuidado, de eso no le quepa la menor duda.

—Sé que así será, Mateo —asintió Simón colocando la mano sobre el hombro del joven capataz—. Sabía que él hubiese dado cualquier cosa por no ser el encargado de realizar dicho trabajo y comprendía su desazón.

—A ti, Serafín —el hombre había permanecido al margen de la conversación—, quiero encomendarte una tarea de igual importancia...

Luego calló y caminó hasta la ventana para observar una vez más el triste semblante de la vieja casona. Las paredes reflejaban la pálida luz de una luna que por momentos se escondía tras el manto de nubes negras que arropaba el patio.

—Mañana lloverá —dijo con nostalgia.

El año de 1834 trajo uno de los inviernos más crudos de los que se tuviera memoria. Muchos creen que se debió a que durante los primeros seis meses del año tembló de manera casi ininterrumpida a todo lo largo y ancho del territorio granadino. El primer terremoto sacudió el sur del país, un lunes 20 de enero, muy cerca del nacimiento del río Magdalena. La ciudad de San Juan de Pasto quedó reducida a escombros y más de una docena de conventos e iglesias se vinieron abajo sepultando a un gran número de personas. La onda sísmica pareció entonces viajar a lo largo de todo el rió azotando cuanta población encontró con vientos tempestuosos, lodazales y crecientes que arrasaron con todo lo que había a su paso. El 22 de mayo, el temblor se hizo sentir en las ciudades cercanas a la desembocadura del río en el mar Caribe. Siguieron más de un centenar de réplicas que duraron has-

ta el 10 de junio y destruyeron colegios, edificios
y catedrales en la ciudad de Santa Marta al igual
que en Cartagena de Indias, donde Artemio, el
hermano menor de Simón, decidiera radicarse
años atrás en busca de fortuna y aventura, atraí-
do por el creciente movimiento del puerto más
importante con que contaba la Nueva Granada. Cartagena era la puerta de entrada al nuevo
mundo, "refugio y amparo de los desheredados
de España" —escribiría el gran Cervantes—, que
aún después de tres siglos seguía cautivando a
viajeros de todos los rincones del viejo continente con el espejismo seductor de una tierra
que era toda promesas.

No obstante, tras largos años de duro trabajo, Artemio tenía poco que mostrar y la frustración se percibía en las cartas que a menudo le
escribía a su hermano. Simón albergaba la esperanza de que regresara a ayudarle en la administración de la hacienda.

Artemio siempre admiró la audacia y deter-
minación de su hermano y en todo momento
estuvo dispuesto a ser cómplice en las múltiples
aventuras a las que él lo arrastró con la promesa
de grandes hallazgos. En ninguna ocasión salió
defraudado. Simón encontraba motivo de fas-
cinación y encanto aún en las actividades más
simples y rutinarias. Compartía con su herma-

no increíbles historias con tal lujo de detalles que era como si él hubiese sido testigo presencial de cada hazaña que narraba.

La relación de Simón con Antonia, la mayor de los tres, era otro tema: dos mundos aparte. Indiferencias que aprendió del papá y aceptó sin discusiones. La pobre jamás logró ser el orgullo de su padre, nunca la niña de sus ojos, para eso habría tenido que nacer hombre. Y no era que don Ramón no la quisiera, no; costumbres que hay que entender: empezando con el primer Saldaña que llegó a San Sebastián, Ramón Ignacio era la cuarta generación de primogénitos varones nacidos en el nuevo mundo. Él y toda la familia esperaban que la tradición continuara. Cuando nació una hembra, no supo cómo reaccionar.

De niña la trataba bien, pero en lo afectivo, no mejor que a las hijas de las criadas. Ella se refugió en el cariño de su madre, mientras la relación con su papá fue cada vez más distante. Cuando nació Simón, dos años después, se convirtió en el preferido del viejo. Y Simón, que de niño tenía un gran afecto por su hermana, poco a poco fue apartándose de ella, aprendiendo la frialdad y el desamor del progenitor hasta que él mismo comenzó a tratarla más como a una sirvienta que como a su hermana mayor.

—A ti Serafín, quiero encargarte la tarea de construir una nueva casa. El trabajo de la hacienda está aumentando y a mi regreso realizaremos algunos cambios para que todo marche mejor. Escoge el sitio que consideres más apropiado.

—¿Una nueva casa? ¿Y eso para quién, don Simón?

Detestaba la incertidumbre de todos estos cambios intempestivos. Primero el súbito viaje del patrón, la demolición de la casona y ahora esto. ¿Regresaba don Artemio? No era secreto para nadie que a Serafín le inquietaba lo que su llegada significaría en lo concerniente a la administración de la hacienda.

—Lo único que quiero pedirte es que construyas la mejor casa posible. Asegúrate de utilizar solo materiales de la mayor calidad y comprar los mejores productos que encuentres. Busca y contrata a los trabajadores más hábiles y no te preocupes por cuánto pueda costar.

—Como usted ordene, patrón —respondió Serafín, aún preso de la duda que le producía todo aquello.

El ánfora impalpable del ensueño...

LA VICTORIA ERA la hacienda más hermosa de la región. Adornada por las colinas de Lumbí, una serranía que semeja la espina dorsal de una criatura prehistórica que hubiese decidido recostarse a admirar la belleza de aquellas praderas. A pocas leguas de allí, por entre peñas y riscos, corría el gran Magdalena, la vía fluvial más importante para llegar al centro del país. Tantas veces se había salido de sus márgenes que nadie recordaba su curso original. Los incontables desbordamientos regaron fertilidad por todas las tierras, áridas en otros tiempos, y las llenaron de vegetación y vida. Centenares de almendros cubrían el valle y al florecer, al comienzo del mes de mayo, parecía como si una nube blanca se hubiese posado sobre sus troncos retorcidos.

Durante sus caminatas vespertinas con Isabel, ella tenía por costumbre arrancar una rama de almendro para colocarla en un jarrón en el patio interior. El inconfundible olor a miel per-

manecía durante toda la semana impregnando
cada uno de los rincones de la casa.

Desde entonces, nunca faltó la rama de almendro que mantuviera vivo su recuerdo, tan
vivo que en ocasiones las criadas se referían a
ella como si solo se hubiese ausentado por un
tiempo. Incluso muchos años después de su
muerte era común escuchar a las mujeres que
se encargaban de los trabajos domésticos decir:
"No dejes eso para la tarde, recuerda que a doña
Isabel le gusta que se haga antes de que comien-
ce el calor fuerte del medio día". Su memoria
se sentía tan presente en cada rincón de la hacienda que algunas de las criadas más jóvenes
se preguntaban cuándo regresaría doña Isabel
de su largo viaje.

La casa principal estaba bordeada por una
amplia terraza que permitía ver a lo lejos las
cumbres desnudas de los cerros sobre el fondo
azul del cielo. En el solar interior las buganvillas
se recostaban en cuanta pared había, adornando
el patio con un colorido mágico e interminable.

La vieja casona, ubicada frente a la casa
principal, al otro lado de la fuente, permaneció

deshabitada desde la muerte de Ramón Ignacio Saldaña en 1816, hasta poco después del matrimonio de Simón, cuando los padres de Isabel vivieron allí. Eran personas muy humildes que siempre se dedicaron al cultivo de la tierra. Sin embargo, durante uno de los muchos desbordamientos del Magdalena, el río convirtió su pequeña parcela en un lodazal inservible. Desde ese momento Isabel se hizo cargo de ellos. Cuando se instalaron en la casona, esta se convirtió en el sitio de largas veladas en las que Simón departía con sus suegros sobre la gran descendencia que quería y sobre todos los sitios a los cuales viajaría con Isabel. Nada podía haberlo preparado para el destino tan distinto que le tenía deparado la vida.

Lo que en principio fue motivo de gran regocijo, terminaría por convertirse en fuente de inmensa pena para todos. El embarazo de Isabel transcurrió de manera normal, salvo en aquellos días de fuertes calores cuando se le hacía difícil respirar y sentía ahogarse debido al asma que la afligía y recrudecía en los meses de verano. Entonces prefería permanecer en la casona en compañía de su madre, descansando con ventanas y puertas abiertas a sus anchas para permitir el paso de la brisa refrescante.

Simón se desvivía por su esposa. Diez años anhelando la llegada de un hijo y al fin se acercaba el momento que tanto esperaron. No obstante, durante el parto se presentaron graves complicaciones que ocasionaron que la criatura naciera sin vida. En un instante Isabel debió pasar de la ilusión y la alegría de dar a luz a la dolorosa realidad de confrontar aquel terrible suceso. Incapaz de hacer nada que lograra aliviarla, Simón vio cómo la fuerza y el deseo de vivir poco a poco abandonaron el cuerpo de su mujer hasta que también ella sucumbió.

Después de la muerte de Isabel, sus padres se fueron a ocupar otra estancia en la hacienda; no lograron continuar viviendo en un lugar lleno de tantos recuerdos.

Una vez la casona quedó desocupada, Simón decidió utilizarla como su lugar de lectura y reflexión. Pasaba días enteros escribiendo y leyendo los libros y periódicos que le llegaban de Santafé de Bogotá. La convirtió en su biblioteca, en el recinto donde salvaguardar todo aquello que tenía un significado especial para él.

Mucho antes de que los primeros rayos del sol se insinuaran tras la serranía, Simón estaba ya en pie. No concebía la idea de empezar la jornada sin contemplar la belleza de los hermosos amaneceres propios de los claros días de verano. "No estén tan ocupados con los oficios de adentro que olviden recrearse con todo lo que ocurre aquí afuera", le advertía con frecuencia a todo el que veía en los cuartos o en los pasillos interiores de la casa. Y es que Simón decidió echarse a cuestas el admirar todo cuanto podía ser admirado y disfrutar de acontecimientos que para la mayoría de los mortales pasaban inadvertidos. Jamás hubo tarea, por agitada que fuera, que le impidiera interrumpir lo que estuviera haciendo para brindar un saludo afectuoso a quien pasara a su lado. Pocas cosas parecían perturbar su serenidad y pese a que, en ocasiones, el desgano con el que algunos trabajadores desempeñaban sus labores le hacía perder la paciencia, su contrariedad nunca solía prolongarse demasiado.

Él sabía que no son las preocupaciones diarias las que arrugan el rostro prematuramente y le restan años a la vida, sino la disposición y el ánimo con que encaremos cada jornada. Por tal razón, se propuso resistir con semblante agradable todo contratiempo que afrontó, buscando siempre fijar su atención en las cuestiones útiles y positivas. Por su parte, el tiempo parecía haber premiado su disposición ya que en lugar de hacerle lucir más viejo, su tez curtida por el sol y su cabello plateado le daban una apariencia sosegada y tranquila.

A pesar del arduo trabajo de campo que realizó desde temprana edad al lado de su padre, nadie recordaba haberle oído quejarse por infortunio alguno, y aún en medio de las labores más intensas, siempre encontró tiempo para contemplar uno de aquellos "milagros de la naturaleza", como solía llamarlos, que lo raptaban por momentos para transportarlo a ese mundo ideal que había creado para sí mismo.

Antes de cumplir veintiún años decidió alistarse como ayudante con un grupo de mercaderes provenientes de la ciudad de Ibagué que iban de paso hacia la capital, a treinta leguas de distancia. Tenía la ilusión de ver tierras más distantes de las que conociera durante la expedición en la que acompañó a Mutis. Cuando su padre se negó a dar su consentimiento, partió de todas maneras, ignorando sus advertencias. Tres meses más tarde apareció en la puerta de la casa, empapado de pies a cabeza, sucio, demacrado —casi irreconocible—, extenuado y sin un centavo en su haber, pero feliz de haber hecho lo que se propuso.

Su padre lo recibió como al proverbial hijo pródigo, con gran alivio, sin proferir recriminación alguna y dispuesto a escuchar con paciencia todas sus aventuras. Artemio prestaba atención a cada palabra del hermano con formidable interés; no quería dejar escapar ninguna de las peripecias del viaje: el ascenso por la cordillera hasta llegar a la sabana y luego a Santafé, la descripción de la capital y el frío intenso del páramo, las dificultades de la jornada que tomó casi una semana, las fieras salvajes, los desfiladeros que debió trepar, por los que a veces caían a su muerte mulas y viajeros por igual, razón por la que algunos preferían subir sentados en sillas que indios cargueros ataban a sus espaldas.

—Yo, de ningún modo hubiese regresado, fue lo único que dijo Antonia, que escuchaba con visible indiferencia—. En la cocina ya se disponía el festín.

Esa noche Ramón se prometió ser mucho más receptivo con los deseos de su hijo, apoyando sus decisiones por desquiciadas que le parecieran. Por su parte, agradecido por la comprensión del padre, el mozuelo retomó con gran entusiasmo y entrega todas y cada una de las labores que antes cumplía a regañadientes.

A pesar de que la educación formal de Simón no fue más allá de las primeras letras por no haber escuelas en la región, su pasión por la lectura, su curiosidad y deseo de aprender —hábito que se fortaleció tras su amistad con Mutis— lo llevaron a leer a los grandes filósofos, científicos y hombres de letras de la época: Quevedo, Voltaire, Flórez de Satién, Nariño, Descartes, Arias Montano, Cervantes.

No solo desarrolló un apetito voraz por la lectura, sino que se aseguró de compartir con los demás todo el conocimiento y sabiduría adquiridos —algo que hacía con un afán inexplicable—. Era como si las ideas que mantenía en su cabeza estuvieran a punto de desbordarse y debiera darles salida para abrir campo a nuevos conocimientos.

Siempre se cercioró de que toda tarea, por monótona y rutinaria que fuera, dejara alguna enseñanza. Mi madre aseguraba que inclusive en aquellas ocasiones cuando nada fuera de lo ordinario ocurría, Simón llegaba al punto de propiciar situaciones o incidentes que dejaran alguna lección, pues creía que cada día que pasara sin que uno hubiese aprendido algo era un día desaprovechado.

Aun cuando hubiese deseado contar con una familia numerosa, la vida no le alcanzó a su Isabel para darle el hijo que los dos tanto querían; alguien con quien compartir sus sueños y su conocimiento.

Quizás debido a esto, o tal vez por el deseo que tienen ciertos seres humanos de dejar evidencia de su paso por el mundo, era su afán de encontrar en quien depositar ese legado de sabiduría que guardaba como el más grande de todos sus tesoros. Se sentía obligado a hacerlo ya que, según él, eran principios que había tomado prestados de la naturaleza. Para Simón el mundo era una escuela y todo lo que uno debía hacer para aprovechar sus sabias enseñanzas era abrir los ojos, prestar atención y tener la humildad de aceptar que aún tenía mucho por aprender.

Fue este sentir de Simón Saldaña lo que hizo que pusiera sus ojos en mi padre como la persona en quien confiar tales principios con la esperanza de que él continuara compartiéndolos con otros; no quería que murieran con él.

— III —

Sentir que tiembla el corazón cobarde...

TAL COMO LO PRONOSTICARA SI-MÓN, ese domingo amaneció lloviendo; cayó un aguacero torrencial durante toda la noche. El río estaba crecido y los caminos estropeados hasta hacerse casi intransitables, lo que dificultaría aún más la media jornada de camino que separaba La Victoria de la Villa de Honda. Serafín se levantó muy temprano para montar las mulas y preparar a los peones y arrieros que se encargarían de conducir la pequeña caravana hasta el puerto.

A último momento, viendo la inclemencia del tiempo, Mateo decidió acompañar a Simón hasta dejarlo instalado en el champán que lo llevaría al mar Caribe. Rosario los despidió desde el portón principal y le dio un beso cariñoso a su tío. Era la primera vez que el joven capataz veía tal muestra de afecto por parte de ella.

Desde Honda Simón viajaría hasta la ciudad de Mompox y de allí por tierra hasta Cartagena de Indias. Pese a que los bogas encargados de la barcaza remaban hasta doce horas diarias, el viaje tomaría casi dos meses, dependiendo de las condiciones climáticas.

El champán se apartó de la rivera, los remos se agitaron al compás de los gritos efusivos de los bogas y a los pocos minutos de haber zarpado, al torcer su curso el río por entre dos gigantescos peñascales, se perdió de vista. Papá lo vio partir con nostalgia; extrañaría las caminatas vespertinas con su patrón.

Mi padre no siempre fue un hombre de grandes sueños. La pobreza extrema que le rodeó durante su infancia y juventud le enseñaron a conformarse con lo poco que el destino le deparara. Pretender cambiar esto era cuestionar la sabiduría del Creador. Eso era lo que creían su padre, su abuelo y el padre de su abuelo, y no iba a ser él quien pusiera en tela de juicio las creencias de sus antepasados. Aunque algo empezó a cambiar después de tantas tardes de escuchar a Simón, siempre con la avidez de quien escucha algo por primera vez. Comenzó a ver la sabiduría que encerraban sus palabras. Se propuso aprender a leer y escribir. Otros le siguieron, al-

gunos que hasta entonces solo sabían firmar su
nombre.

Entendió que, como se lo repitiera su patrón
a más no poder, cada quien labra su futuro, y que
para sacar provecho de la vida hay que confiar en
los talentos que Dios nos ha dado y trabajar sin
menguar el esfuerzo ni quejarse de lo mucho que
debemos bregar para conseguir lo que nos hemos
propuesto.

—Mi padre era persona de pocas ambicio-
nes, usted lo sabe patroncito —le confesó en
una ocasión Mateo, y la voz se le llenó al instante de congoja—. Si hasta me parece escucharlo
diciéndonos a mi madre y a mí: "Es mejor no
esperar demasiado de la vida para no terminar
decepcionados".

—Tu padre era un buen hombre, Mateo,
aunque de pensar errado si me lo preguntas —
dijo manteniendo la serenidad en su voz para
asegurarse de no injuriar al hijo ni irrespetar
la memoria del padre, al que apreció mucho y
quien siempre sintió gran afecto por Simón—.
Si algo me ha enseñado la experiencia es que
es imposible lograr más de lo que uno mismo
espera, y ahí está lo irónico de todo esto, que
el destino siempre se encarga de devolvernos lo
que esperamos de él, ni un tris más.

—No se me vaya a ofender patroncito, pero no creo que los pordioseros que suplican en la puerta de la iglesia por cualquier limosna que les caiga hayan esperado eso...

—Tampoco les fue impuesta la pena de mendigar por las calles, Mateo. Sospecho que muchos de ellos aprendieron a aceptar sus circunstancias sin tan siquiera objetarlas, asumiendo que nada que ellos hicieran cambiaría su suerte.

—¡Ay, doncito! ¿puede acaso un esclavo quejarse del mal trato que recibe? Ni siquiera después de esta guerra larga la mayoría de todos los que se quiebran la espalda para conseguir el pan diario es realmente libre.

—Tienes razón, Mateo, pero también es cierto que muchos de los peones y ganapanes que pasan toda su vida acarreando pesadas cargas o escarbando las minas tienen otras opciones menos esclavizantes para derivar su sustento. ¿Por qué no lo hacen? ¿Por qué crees que se contentan con conseguir, a duras penas, lo suficiente para subsistir y prefieren vivir quejándose de lo injusto de su camino? Toma por ejemplo al viejo Horacio. Ya ni trabaja sino que se conforma con pasar las horas junto a la fuente de la plaza, a pleno rayo de sol, mendigando una moneda y rogando por algo de comer. Sin embargo, debes saber que fue un hombre fuerte y hábil en sus años mozos, y te aseguro que poseía las mismas capacidades que tú o yo.

—No puedo creer que Horacio…

—Pero espera, muchacho, aún no te he dicho lo más increíble… Recuerdo un tiempo cuando, debido al aumento abusivo de tributos que impuso el Regente Visitador en nombre de La Corona, mi padre estuvo a punto de perder La Victoria. Para lograr cubrir el pago de los nuevos impuestos y evitar que la hacienda fuera confiscada se empleó de capataz en Malpaso, que en ese tiempo era la hacienda cacaotera más importante a orillas del Gualí. Mamá se quedó en casa cuidando de Artemio. A regañadientes, Antonia trabajó en la huerta. Y yo decidí ocuparme en lo que saliera para ayudar a mi padre. En uno de esos trabajos conocí a Horacio. Él es unos diez años mayor que yo, los dos hacíamos mandados en otra finca, alimentábamos los caballos y limpiábamos los establos por un par de monedas a la semana.

—No me los imagino a los dos trabajando hombro a hombro, patroncito.

—Pero así fue, Mateo. Durante poco más de un año él y yo enfrentamos circunstancias muy parejas. Al cabo de casi dos años mi padre se puso al día y regresamos otra vez a la hacienda.

Para ese entonces Horacio y yo éramos buenos amigos, así que le ofrecimos que viniera a trabajar a La Victoria. Pero él se negó, dijo que era más fácil encontrar trabajo en la calle, que cuando se compusieran las cosas de nuevo en la hacienda vendría. Jamás lo hizo… No creas que no me duele verlo por ahí tirado en la calle.

—Pero… ¿Me permite una insolencia, patrón? Usted sabe el respeto que tengo por usted y…

—¡Habla muchacho! —lo animó, advirtiendo su incomodidad— Recuerda que quien no pregunta, no aprende.

—Pensaba yo, don Simón… —y titubeó un instante mientras elegía bien sus palabras—. Usted sabe que en toda esta provincia son pocos los nacidos en familias de gran fortuna como le tocó a usted. La mayoría nace en medio de la pobreza, unos menos necesitados que otros, pero al fin y al cabo, pobres, y uno que otro bien menesteroso como el Horacio. Me pongo a pensar, patroncito, que ninguno escogió dónde nacer, y pues a los que les tocó nacer en medio de la miseria les va a ser imposible salir de ella.

—Mateo, escucha muy bien lo que te voy a decir —Simón hizo un alto para mirarlo a los ojos—, en algo tienes razón: nadie tuvo la oportunidad de elegir si nacer en una familia pobre o en una rica. Pero aunque ni tú, ni yo, ni Horacio hayamos podido escoger dónde empezar, ninguno de nosotros podemos culpar a nadie más por el lugar en que terminemos. Porque ahí estamos por obra y gracia propia...

La tarde transcurría con lentitud y el aire fresco volvía a sentirse luego de las interminables horas de calor. En la distancia se lograban adivinar las siluetas de los dos hombres que discutían con ánimo, esquivando bajo la sombra de los almendros los últimos rayos del sol.

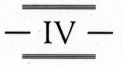

Vástago de mi tiempo y de mi gente...

AL TERCER DÍA de haber dejado a Simón embarcado en el champán, Mateo comenzó la meticulosa labor de guardar en baúles reforzados todas las pertenencias que se hallaban en la casona, prestando especial atención a sus libros y escritos. Estos últimos los depositó en cajones especiales para asegurarse de que la humedad no los fuera a arruinar.

La edificación contaba con una sala grande y dos cuartos más pequeños que sirvieron de dormitorios en otras épocas pero que ahora Simón utilizaba para almacenar toda clase de objetos y curiosidades que traía de sus viajes, junto con su extensa colección de libros, cartas y escritos personales —los que atesoraba con especial esmero—. Fiel a su promesa, mi padre decidió hacer un inventario de cada objeto, libro o papel, numerando el baúl en el cual quedaría guardado. Antes de partir, Simón le insistió varias veces que ningún libro o documento era secreto y que tenía su consentimiento para deleitarse leyendo todo lo que encontrara. Mateo aceptó el ofrecimiento expectante de cuanto pudiera descubrir.

Lo primero que llamó su atención fue una serie de cajones que nunca había visto. Eran rústicos, no muy grandes y hechos de una madera clara y liviana, especial para mantener seco su contenido. La tapa venía provista de un cerrojo de cuero con ojal que permitía abotonarla al baúl. En su interior se hallaba una serie de herbarios que, como verificó en seguida, inventariaban todas las plantas y arbustos que se cosechaban o crecían de manera silvestre en la hacienda. Junto a cada espécimen Simón anotó los usos medicinales, o de cualquier otro tipo, de cada planta y las atenciones necesarias para su cultivo. Sin duda, un interés que permaneció con él desde sus días de amistad con el sabio Mutis. Contó seis cajas en total.

En un cofre de madera pulida con falleba dorada, encontró una serie de documentos que daban muestra de la diversidad de intereses y vocaciones de su patrón. Contenía varias esquelas escritas por Mutis que dejaban ver el profundo aprecio que el científico sentía por él. También halló varias cartas sin enviar dirigidas a su hermana Antonia. Él sabía de la relación fría y distante entre los dos, pues habían conversado de ello en varias ocasiones. Pero fue solo hasta poco después de que llegara Rosario a la hacienda que Simón le manifestó lo mucho que siempre lo atormentó no haber querido más a su hermana, ni hacerle ver a su padre lo injusto del trato que le daba a ella. En cambio, permaneció al margen de todo, hasta cuando ella dejó de pensar en él como un hermano. Era el hijo del dueño, no más. No se atrevió a leerlas ni le dejó saber nada a Rosario sobre su existencia.

El cofre contenía varios recortes de *La Gaceta* —el único periódico de la capital que de vez en cuando llegaba al pueblo—. Uno de los recortes daba los detalles de un terremoto sucedido en la ciudad de Santafé de Bogotá el día 12 de julio de 1785. También encontró una copia de un pasquín que circuló en San Sebastián por esa misma época. En él, un revoltoso proveniente de la provincia de El Socorro, del cual Simón le hablara alguna vez, incitaba a esclavos, indios y criollos por igual a levantarse en contra de los hacendados y terratenientes del lugar.

El último pliego que encontró en el cofre lo mantuvo embebido en su lectura durante el resto de la tarde. Se trataba de una copia de la traducción de los Derechos del Hombre que realizara el ilustre don Antonio Nariño, y cuya circulación fue prohibida de manera rotunda por el Tribunal del Santo Oficio. Le parecía extraño que Simón conservara este documento a sabiendas de que su posesión lo hubiese enviado a la cárcel años atrás. De hecho, su publicación le costó más de diez años de prisión al propio Nariño. El papel se encontraba lleno de anotaciones que su patrón hizo en las márgenes. En ese momento Mateo entendió el origen de muchas de las ideas que con tanta pasión Simón compartía con los demás sobre la recién adquirida libertad.

"Los hombres nacen y permanecen libres... Y esa libertad consiste en poder hacer todo aquello que no dañe a otro..." —decía el documento de Nariño—. Simón había escrito en la margen: "¡Siempre somos libres! Podemos tomar la decisión de prosperar o de vivir en la pobreza, si así lo queremos... Qué tristeza que tantos prefieran vivir en la escasez sin darse cuenta de que esta elección no solo los perjudica y los daña a ellos sino que cercena el futuro de quienes se encuentran a su alrededor...".

En otra caja, que él reconoció de inmediato, Simón guardaba sus escritos personales y apreciaciones sobre una gran diversidad de temas: la naturaleza, las ideas independentistas de la época, diversas fórmulas para el progreso del hombre y comentarios basados en los conceptos y principios expresados en los muchos libros que leía con gran avidez.

Recordó que en cierta ocasión Efrén, uno de los criados, que no sabía leer ni escribir, usó por equivocación uno de los pliegos creyéndolo un papel sin importancia para envolver un trozo de pescado para un viajero que se detuvo en la hacienda a aprovisionarse de víveres. Al día siguiente, cuando Simón se percató de lo sucedido, le ordenó a Serafín salir tras aquel viajero y recobrar sus escritos.

A regañadientes, el capataz emprendió el viaje que le tomó jornada y media. Tal fue el enfado de Serafín, que por mucho tiempo no volvió a dirigirle la palabra a Efrén. Una vez recobrado el pliego, Simón transcribió de nuevo su contenido y les prohibió a los criados volver a entrar al cuarto. Así de valiosos eran estos escritos para él.

Un cuadernillo que encontró contenía un gran número de hermosas leyendas y fábulas con sugestivas moralejas que Simón recogió en sus viajes o escuchó de viajeros y transeúntes que pasaban por La Victoria. Cada relato iba acompañado de una idea central, escrita en tinta roja. Debajo, una breve explicación de su significado citando las asombrosas consecuencias

que esta enseñanza traería para todo aquel que
decidiese aplicarla.

Mi padre continuó leyendo con gran interés
cada papel antes de guardarlo en el cajón co-
rrespondiente. No alcanzaba a imaginarse que
éste sería el primero de muchos días que le con-
sumirían estudiando aquellos manuscritos.

Con cada nuevo escrito que leía era más claro para papá que el éxito que Simón tuvo en los
negocios, inclusive cuando sus decisiones parecían contradecir el lógico proceder, no fue el resultado de la suerte o la buena fortuna. Era evidente que Simón en ningún momento actuó a la
ligera, y que cada proyecto en el que se embar-
có fue el resultado de un plan minuciosamente
ideado y puesto en marcha. Hasta las aventuras
financieras más arriesgadas en las que estuvo
involucrado —de las cuales salió siempre bien
librado— no fueron tan insensatas como incluso en cierta ocasión él mismo llegó a pensar,
sino que estaban basadas en criterios sabios que
su patrón siempre estuvo dispuesto a enseñar.

Aun así, muchas fueron las burlas y pocos los
oídos dispuestos a prestar atención siempre que
quiso compartir a manos llenas los principios
que le ayudaron a construir su inmensa fortuna.
Cualquiera que lo hubiese deseado, habría podido
visitarle sin previo aviso para escuchar de labios

del hombre más rico de la región, en palabras sencillas, ideas que le habrían servido de mucho. A pesar de eso, pocos lo hicieron.

Cuando terminó de recoger y guardar la totalidad de los artículos, prendas y escritos —lo cual le tomó un par de semanas—, comenzó con la tarea de demolición. Resolvió guardar intacta una hornilla de adobe que se hallaba en el centro de la habitación más grande. El armazón daba la apariencia de no haber sido usado nunca. Simón había colocado sobre ella un gran tablón de cedro y lo utilizaba como escritorio. En su superficie se adivinaban los trazos dejados por la presión de la pluma luego de tantos años de escritura y los manchones de tinta ocurridos, muy seguramente cuando el sueño lo vencía en medio de uno de sus fabulosos relatos. Supuso que el patrón estaría muy complacido de encontrar su viejo escritorio en la nueva casa.

Trastear la hornilla le tomó más de media jornada. Necesitó de la ayuda de un par de hombres para evitar que se desmoronara. La base era un cajón rústico de adobe con una reja empotrada en la parte superior que servía de fogón. El humero, típico de este tipo de estufas, seguramente fue removido cuando esta fue ubicada en el centro de la habitación y se instaló el tablón sobre la parrilla. Era esencial moverla con gran cuidado. Si se levantaba más de lo necesario, se corría el peligro de terminar con los fierros en las manos y la base hecha polvo. Cuando los tres hombres intentaron correrla sin alzarla más de un par de centímetros sintieron que la base, que era hueca hasta abajo, tropezaba con algo en el interior que sobresalía desde el suelo, así que debieron elevarla un poco más para rebasar lo que fuera que obstruía su paso. Una vez lograron desplazarla, en el sitio que había ocupado, descubrieron un cofre de madera parcialmente enterrado. Estaba provisto de enchapes de cobre y forro de piel y se hallaba en muy buen estado. Era el tipo de baúl que se utiliza en viajes largos para proteger de las inclemencias del tiempo objetos valiosos, joyas y documentos importantes. No recordaba haberlo visto jamás, por lo cual supuso que debió estar allí hacía años, quizás antes de colocada la hornilla, ya que por sus dimensiones no parecía posible haberlo introducido después. El cofre no tenía llave, así que papá decidió examinar su contenido para asegurarse de que no contuviera algo que se rompiera o estropeara al moverlo. Lo único que encontró fueron varios pliegos cuidadosamente enrollados y guardados en una alforja de cuero.

Grabada en la cubierta de la alforja se alcanzaba a leer la inscripción "Cartas a mi hijo". Aunque el letrero le causó gran curiosidad, decidió no abrirla allí; una vez desocupado el cuarto, el polvo había invadido cada rincón de la casona. Esperaría a llegar a su recámara para examinar el misterioso hallazgo.

Esa noche, una vez terminó de comer, se dirigió en seguida a su cuarto. Con sumo cuidado desenrolló cada pliego asegurándose de no aplicar demasiada presión al abrirlos ya que el papel podría romperse con facilidad.

Eran cartas… todas empezaban de la misma manera. Llevaban una frase a manera de título y, debajo, las palabras "Querido hijo". Hijo… ¿Cuál hijo? —Pensó mientras continuaba hojeándolas una a una.

Eran las cartas de un padre preocupado por el futuro de su hijo, un padre que lo aconseja y lo prepara para las vicisitudes y retos de la vida. Compartía sus propias experiencias, contaba anécdotas e historias como lo habría hecho cualquier papá sentado en el borde de la cama de su hijo. Todas concluían con un llano "Tu padre". Después de mucho cavilar comprendió lo que tenía ante sí: eran mensajes que Simón dirigía al hijo que esperó por más de diez años, aquel que jamás llegó. Pensó en la amargura que debió sentir al enviudar tan joven, en la tristeza de no contar con un descendiente en quien depositar lo que tanto quería dar.

Qué buen padre habría sido Simón —pensó Mateo—. Estos escritos eran su mayor muestra de amor. Él deseaba que el más importante legado para su hijo no fuese sus tierras, ni sus haciendas, ni la enorme fortuna que acumuló, sino sus ideas. Creía que la mejor herencia que podía dejarle era compartir con él aquellas reglas y principios que le ayudaron en su propia vida.

— V —

La hojarasca que el viento cruel arranca...

DESPUÉS DE LOS MESES de preparativos que presidieron al viaje, las tareas de último momento y las semanas dedicadas a desocupar la vieja vivienda, el día a día en La Victoria otra vez retomaba su curso normal. Todo el contenido de la casona fue empacado en treinta y siete cajas, de las cuales doce eran de libros.

Por su parte, Serafín seleccionó el lugar para la nueva casa. Resolvió construirla en la parte trasera del núcleo principal a unas cincuenta yardas de la edificación dedicada a las tareas administrativas, sobre el camino que conduce a las habitaciones de los peones. Fue una decisión apresurada, de conveniencia. Nada le importó que fuera un lugar poco vistoso y desprovisto de sombra. Su única consideración era continuar vigilando a los peones que trabajaban en las huertas y estar cerca de las bodegas mientras atendía la tediosa tarea de construcción.

Su decisión causó un fuerte altercado entre él y mi padre, quien suponía que el patrón utilizaría la nueva edificación para continuar con las actividades que realizaba en la casona. También existía la posibilidad de que fuera a ser para Artemio, siempre y cuando Simón lograra convencerlo de regresar a La Victoria. De cualquier manera, papá consideraba que debía estar ubicada en un mejor lugar, quizá más cerca de la casa principal.

—Me tiene sin cuidado para quién sea —respondió Serafín en un tono más despectivo que de costumbre y empujó la puerta dando por terminada la discusión—. El patrón me dio la libertad de escoger el lugar que se me diera la gana.

—¡La mejor casa que sea posible! ¿Lo has olvidado? Eso fue lo que él dijo.

—¿Qué te importa a ti? ¿Acaso vas a vivir tú ahí? ¿Crees que porque ahora hablas con la sobrina del patrón eso te da derecho a decirme qué hacer?

—Toda decisión administrativa me incumbe, ya sea que te guste o no.

—No olvides que sigues siendo un peón, como cualquiera de nosotros... —iba a decir algo más, pero tiró la puerta tras de sí y se marchó.

El trabajo de demolición debió esperar debido a las lluvias torrenciales que parecían no ceder. Mi padre decidió posponer todo hasta que el tiempo mejorara y prefirió en cambio entregarse a la lectura de los pliegos que rescatara de la hornilla.

Tenía curiosidad de saber por qué su patrón había escondido con tal cuidado esas cartas. ¿Algo importante? Recordó que no hacía mucho tiempo, y aun ahora, cualquier comentario comprometedor terminaba por costarle a uno hasta la vida. ¿Sería esta la razón? No obstante, cuando comenzó a leer reconoció de inmediato una de las ideas que con mayor frecuencia le escuchara. En su característico lenguaje, Simón la tituló *La decisión de cambiar el mundo*.

—Nada grandioso nos ocurrirá a menos que entendamos que todos estamos en capacidad de cambiar nuestro mundo, Mateo.

—¿Todos? —preguntó el joven capataz con cándido escepticismo.

Le costaba creer que él, que ya había llegado más lejos de lo que imaginara, o que cualquiera de los peones de la hacienda, que no sabían leer ni escribir y nunca hicieron otra cosa que no fuera labrar la tierra, lograra hacer algo mejor con su vida. Aunque después de tanto escuchar a Simón comenzaba a abrigar la esperanza de que su patrón, que era tan leído y entendido en esos asuntos, tuviera razón.

—¡Todos, Mateo! No importa qué tan insignificante parezca la tarea que desempeñemos, todos contamos con grandes talentos y destrezas. Hasta el que se cree menos dotado, si escudriña en su interior descubrirá que es hábil para muchos oficios.

—Pero, patroncito, si es así no más, ¿por qué le cuesta tanto a la gente creerlo?

—¡El miedo, Mateo!

—¿Miedo?

—Simple y llano temor.

—Pero… ¿Miedo de qué?

—De llegar a darse cuenta de su propia grandeza.

—Ay, patrón, ahora sí le entiendo menos —dijo agarrándose la cabeza a dos manos.

—Es simple, todo acontecimiento, favorable o adverso, trae consigo una enseñanza. Está en nosotros aprovecharla o no, aprender o quedarnos tal cual. ¿Cuántas veces me has oído decirte que toda experiencia nos ayuda a crecer?

—Pero eso es bueno, ¿no, doncito? ¿Entonces por qué va a tener uno miedo de hacerlo?

—Porque es más fácil dejar las cosas tal como están. Es más simple no comprometerse con nada, ni aspirar a nada, ni ser nada. Por eso pasamos tantos años echándole vítores a la Corona al mismo tiempo que nos quejábamos de sus abusos, pero sin hacer nada —luego hizo una pausa como si hubiera terminado, pero en seguida continuó:

—Te aseguro que un hombre comprometido con un propósito firme termina cambiando el mundo. Cualquiera es capaz de hacerlo, Mateo. ¡Tú mismo! Tenlo por seguro.

Entusiasmado con lo que encontraría en aquel escrito, Mateo tomó la carta y leyó:

Querido hijo:

*Aún no has nacido y yo dándote conse-
jos y echándote sermones, pero qué puedo
hacer, es posible que sean las ganas de ser
papá que me agitan algo por dentro, aunque también hay otras razones. Vivimos
en tiempos inciertos, mijo, la muerte ace-
cha por todos lados y no quisiera que quedara nada sin decirse. Este año de 1818 ha
sido uno de los más violentos de esta guerra que parece de nunca acabar, y pese a
que algunos creen que el final está cerca, es
imposible saberlo a ciencia cierta.*

*El año pasado murió papá, y quizá eso
también me ha hecho pensar en dejar estos escritos para que sepas cuales fueron
los principios que guiaron mi existencia,
con la esperanza de que te puedan servir
en algún momento en tu propia vida. Si
algo me sucediera antes de que nazcas no
quiero que tengas que vivir sin saber quién
era tu padre y en qué creía. Pero bueno, no
quiero parecer pesimista, mi deseo es que
un día leamos estos mensajes juntos porque todos los he escrito contigo en mente.*

*Sé que el título de esta primera carta te
parecerá un tanto extraño, pero si hay algo*

de lo que estoy seguro, hijo mío, es de que todos tenemos la capacidad para cambiar el mundo. Lo único que necesitamos es contar con algo en lo que creamos tanto que estemos dispuestos a jugarnos la vida por ello. Porque si lo piensas, mijo, con cada día que pasa entregamos un poquito de nuestra existencia, así que más vale que sea por algo que valga la pena, ¿no crees?

Cuando era joven oía a mucha gente del pueblo quejarse de los abusos de la Corona española, clamando por ser libres, pero al mismo tiempo dándole vítores al rey. ¡Viva el rey, abajo el mal gobierno! Gritaban sin entender que lo injusto del gobierno era la presencia del rey. No comprendían que la existencia de la monarquía significaba la esclavitud de todos nosotros, sus súbditos. Gracias a Dios, hijo mío, tenemos algunos líderes y caudillos que creen tanto en la necesidad de ser libres que están dispuestos a jugarse la vida por lograr esa libertad.

Mira a nuestro gran Antonio Nariño, a quien tanto admiro. Se propuso plantar la semilla de la libertad en estos lugares olvidados traduciendo la famosa Declaración de los Derechos del Hombre. ¿Qué lo empujó a hacerlo? Su profundo deseo de lograr algo grande, mijo. Y como él hubo muchos otros hombres y mujeres, algunos que ni siquiera sabían leer ni escribir y a duras penas habían aprendido a firmar su nombre, que aceptaron que dentro de ellos se encontraba la fuerza necesaria para cambiar el estado de las cosas en nuestra América. Ya verás cómo en pocos años todo el mundo deberá admitir que la libertad de nuestra joven república fue el resultado del compromiso y convicción de ese grupo de personas.

Pensarás que soy un iluso o a lo mejor creas que cambiar el mundo es algo demasiado grande para una sola persona. Pero es sorprendente ver lo que estás en capacidad de lograr si comienzas cambiando tu mundo, el que tienes frente a ti.

Recuerdo que cuando yo tenía unos diez años de edad llegó a San Sebastián un mestizo joven de apellido Galán. Tendría unos treinta años a lo sumo y venía de un pueblo de la provincia de El Socorro, donde se da mucho el tabaco. Era un hombre sencillo que no sabía leer ni escribir y casi siempre trabajó como jornalero, aunque jamás llegó a poseer tierra propia. Pero eso sí, mijo, era fácil ver en sus ojos que él tenía una causa en la que creía. Y si bien en esa época yo no entendía aún lo que él ambicionaba, con el tiempo me di cuenta de la grandeza de lo que este hombre de campo se proponía: justicia para los demás campesinos que como él labraban la tierra o excavaban las minas sin descanso y sin la esperanza de un mejor futuro.

Ya te imaginarás cómo lo recibieron los hacendados de San Sebastián. Lo tenían por sedicioso y delincuente, lo persiguieron y trataron de hacer que lo pusieran preso por revoltoso. Decían que era una amenaza para la Corona con sus ideas de igualdad y libertad. Me avergüenza admitir que mi padre fue uno de esos que luchó para expulsarlo de la región. Fue la única ocasión en que tu abuelo y yo casi nos vamos a los puños; nunca me perdonó que yo dejara ver mi simpatía por esos conspiradores, como los llamaba él. No quiero que lo juzgues muy duro, mijo, eran otras épocas y otras creencias, pero que eso sea una lección para que no permitas que nadie, ni yo mismo, te meta en la cabeza que hay algo a lo que no tienes derecho o que está fuera de tu alcance.

Piensa en lo que este hombre quería. Él no pretendía liberar a una nación, lo único que reclamaba era justicia para un grupo de campesinos y quería que el gobierno escuchara sus quejas. Eso era todo. A lo mejor él no se detuvo a considerar si lo que hacía tenía algún sentido o era inútil, ni se preguntó qué tanto lograría él solo. Él actuó basado en lo que creía justo, y su esfuerzo, sumado al de muchos otros, fue lo que dio origen a ese espíritu de emancipación que se ha regado por todas las colonias de la Corona en los pasados años.

Si cada uno de nosotros se diese a la tarea de terciar de buena manera en la vida de otro ser humano, de animarle en su lucha o de ayudarle a levantarse de sus caídas, con toda seguridad tendríamos un mejor mundo. Eso es todo lo que se requiere, aunque en ocasiones, como sucedió con Galán, aun cuando creemos que nuestros esfuerzos afectarán solo a unos pocos, terminan influyendo en todo un pueblo. Así que nunca esperes hasta cuando creas que una decisión tuya cambiará los destinos de miles de hombres y mujeres, actúa, así solo tengas a una persona frente a ti.

Hijo mío, quiero que mantengas siempre presente que por pequeño que creas ser, en ti ha sido depositado un honor y una responsabilidad que nadie más posee: la capacidad de aliviar la carga de otro ser humano, de proveerle tu amor y mostrarle

con tu ejemplo que él también es importante. Haz uso de esa gran oportunidad y
verás que logras grandes cosas.

Tu padre

IV

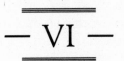

Cuando todo en el pecho ama y confía...

EN UN PRINCIPIO, Serafín contrató a un albañil que ya había realizado algunos trabajos menores en la hacienda para desarrollar los planos de la casa —un maestro de obra que, según decía mi padre, tenía humos de arquitecto.

Luego de varias semanas perdidas por la incompetencia y terquedad del hombre, Serafín debió admitir que tendría que empezar de nuevo —en parte para evitar un conflicto más con papá—. Esta vez buscó la ayuda del único arquitecto de San Sebastián, algo que declinó hacer en un principio por considerarlo excesivo para una simple casa que ni siquiera iba a ser parte del núcleo central de la hacienda.

En las otras fincas de la región las edificaciones se encontraban más o menos dispersas a lo largo de todo el terreno, pero en La Victoria se hallaban dispuestas alrededor de un gran patio central coronado por una hermosa fuente que hiciera construir Juan Vicente Saldaña, abuelo de Simón, en 1776, un año antes de su muerte, la cual llenó de peces que, según decía él, vivían más de cien años.

La fachada de la casa principal se orientaba hacia el Sur de manera que el frente recibía el sol todo el día. En el primer piso había una sala para recibir a las visitas y un gran comedor en el que se realizaban cenas especiales cuando algún personaje importante venía a la casa. Esto ocurría con cierta frecuencia por ser La Victoria una de las haciendas más llamativas de la provincia y paso obligado de todos aquellos que viajaban hacía el extranjero o llegaban a la capital a través del puerto de Honda. Los otros dos cuartos de la planta baja eran la cocina y una pequeña oficina.

En la segunda planta estaban las habitaciones. Muchas de ellas no volvieron a ser ocupadas después de la muerte de Isabel y solo cuando la niña Rosario —como todos comenzaron a llamarla desde el primer día— llegó a la hacienda comenzó de nuevo a sentirse vida allá arriba. Ella cogió la costumbre de abrir las ventanas de par en par y colocar flores y plantas por todos lados. Poco a poco don Simón comenzó a darse cuenta que la llegada de su sobrina había traído de nuevo a la hacienda costumbres ya olvidadas.

Al lado izquierdo de la casa se levantaba una estructura de un piso destinada al área administrativa. Se la conocía como La Triada debido a que en la parte de atrás operaba una tiendita del mismo nombre en la que los trabajadores solían adquirir una gran variedad de productos para su uso personal. Al lado opuesto estaba la estancia donde se localizaban las habitaciones de los dos capataces.

La vieja casona completaba el grupo de edificaciones que envolvía el patio central; se encontraba frente a la casa principal con la fuente de por medio. Debido a que en otra época fue la residencia central, de su fachada trasera partía un amplio camino bordeado de almendros que llegaba hasta la entrada de la hacienda. Una vez Mateo terminó con el trabajo de demolición fue posible observar la arcada de almendros desde los balcones de la casa principal.

En la estancia destinada a las habitaciones de los capataces, solo vivía papá. Serafín optó por ubicarse en una de las viviendas asignadas a los trabajadores y jornaleros. Eran construcciones mucho más sencillas, de ventanas y portones pequeños y rústicos, y mampostería de menor

calidad. Las casas estaban alineadas a ambos lados de una larga calle empedrada que iba desde el patio central hasta el área donde quedaba
la huerta, los trojes y los almacenes destinados
al depósito de granos y frutos producidos en la
hacienda. En ese mismo sitio, aunque un poco
más retirados, lograban verse los establos, ma-
cheros y cobertizos para los animales, dispuestos alrededor de un patio secundario.

—No entiendo por qué has escogido vivir en
ese rancho cuando tienes tu habitación acá —le
decía Simón, tratando siempre de buscar una
mayor cercanía con él, pero parecía imposible.

—No patrón, prefiero estar donde pueda
mantener un ojo en la gente. Si uno se descui-
da terminan por creer que ellos son los jefes y
hacen lo que les da la gana. Hay que estar ahí
como perro guardián.

Esa actitud dura e insensible, típica en él, fue
la causante de que años atrás, antes de llegar a
La Victoria, tuviese serios problemas con la ley
tras un altercado con varios peones que trabajaban como jornaleros en una mina al otro lado
de San Sebastián. En la reyerta Serafín hirió de
gravedad a uno de ellos. A petición de su padre,
el cual trabajó para Ramón Ignacio Saldaña por
más de treinta años, Simón intercedió ante el
juez evitando así que lo enviaran a prisión.

Fuera de este incidente poco se sabía sobre su juventud, solo que desde aquel episodio sus padres lo mandaron a trabajar a la hacienda en muestra de agradecimiento por la mediación del patrón, aunque tal vez con la esperanza de que sus consejos moldearan al irascible joven. Y Simón, quien creía que toda persona, por terrible que haya sido su error, merece una segunda oportunidad, se propuso tratar de ayudarlo a enmendar su conducta y cambiar su forma de ser. Serafín resultó ser un hábil negociante y con el tiempo llegó a estar al frente de la cuadrilla de trabajadores que se encargaban de los cultivos y rebaños. Aun así su carácter tosco y temperamental siempre hizo de él una persona difícil de tratar.

Solía llegar de las largas faenas con las primeras sombras de la noche, comía de prisa y tras comunicarle a Simón algunos detalles referentes a las labores del día o acerca del estado de los cultivos y rebaños, se retiraba cuanto antes a su cuarto.

De vez en cuando Simón lo invitaba para que los acompañara a él y a Mateo en sus caminatas vespertinas, pero él siempre se disculpaba y seguía de largo. Detestaba sus interminables sermones —como en secreto se refería a ellos— y se jactaba de asegurar que lograría ser rico algún día a pesar de romper todas las reglas que su patrón creía esenciales para abrirse camino.

Serafín aborrecía los quehaceres de la casa y se sentía incómodo cuando debía permanecer en ella más de lo necesario. Su trabajo carecía de orden y, pese a las sugerencias de Simón, era reacio a implantar cualquier manejo que no le diera el total control en toda decisión que tuviera que ver con los cultivos, hatos y rebaños. Quizás porque con frecuencia se valía de su poder y posición para intimidar a los peones o lograr favores de mercaderes y comerciantes.

Su relación con papá fue siempre distante. Lo consideraba débil, inmerecedor del puesto que tenía dentro de la hacienda, aunque no le envidiaba su posición ya que odiaba las tareas administrativas. Su lugar era la tierra, sus dominios los hatos de ganado, los caballos y la cobranza de las entradas generadas por las ventas; sus aliados y enemigos, los peones a su cargo. Todo intento que Simón hacía por encauzar al rudo capataz parecía terminar siempre en discordia como sucedió en cierta ocasión en que recorrían uno de los nuevos sembrados.

—¿Conoces a las personas que trabajan para ti, Serafín? —le preguntó Simón—. ¿Te has tomado el tiempo para descubrir para qué son buenos? ¿Sabes de sus familias? ¿Estás al tanto de cuáles son sus flaquezas y dificultades...?

—Con todo respeto, patrón, esos asuntos no me interesan —respondió a secas el capataz.

—Serafín, debes entender que tu trabajo será mucho más fácil y productivo si en lugar de someter y amedrentar a los trabajadores para que cumplan sus labores, aprendes a descubrir lo mejor en ellos y te ganas su confianza.

Él asentía en silencio, pero sus acciones daban cuenta de su verdadera manera de sentir. Creía que la única manera de lograr que los peones trabajaran era vigilándolos bien de cerca e intimidándolos por la fuerza, si era necesario.

—Patrón, los peones solo entienden exigiéndoles mucho, tratándolos duro y no dándoles demasiada confianza. Si viviera pendiente de los problemas personales de cada uno de ellos, no tendría tiempo para atender las tareas importantes.

—Pero entiende, eso es lo que en verdad importa. Impartir órdenes y atemorizar a la gente para que las cumplan no solo requiere más trabajo de parte tuya sino que los resultados jamás serán los mismos que si contaras con su colaboración y empeño...

—Patrón... —interrumpió él, empezando a impacientarse.

—¡No! Quiero que me escuches —dijo cansado ya de la terquedad del capataz—. Si uno de tus trabajadores tiene un problema, él carga con esa preocupación todo el día, en todo lo que haga, y eso afectará la calidad de su trabajo. Si por el contrario, muestras voluntad en ayudarle a resolver su contrariedad, tenlo por seguro que él sabrá recompensar tu interés.

En ese instante Mateo se unió a los dos hombres y juntos continuaron caminando hasta la casa. Aun cuando en aquella ocasión su conversación quedó inconclusa, esta no sería la última vez que Simón intentaría cambiar las erradas creencias del porfiado capataz.

— VII —

Vano fantasma que mueve el viento...

MATEO DEDICABA LAS MAÑANAS a sus tareas habituales y luego del medio día se ocupaba del trabajo de demolición. Decidió encargarse por sí mismo de todo, temiendo que la falta de cuidado de los peones fuese a estropear cualquier otro tesoro que se hallara escondido tras los anaqueles empotrados en las paredes que aún faltaban por revisar. Trabajaba hasta el final de la tarde deteniéndose solo para atender las visitas ocasionales de Rosario, quien no ocultaba su gran curiosidad por saber qué contenía esa casa a la que rara vez había entrado.

Como era ya costumbre, después de cenar, el joven capataz se retiraba a su habitación a continuar con la lectura de alguno de los escritos. Pasaba horas enteras volcado sobre aquellas páginas hasta que perdía la noción del tiempo. En ocasiones lo sorprendían los primeros rayos del sol leyendo y releyendo algún texto que lo tenía inquieto y no lo dejaba dormir, como le sucedió con aquel que llevaba el misterioso título *Semilla de grandeza*.

Se sentó a leer a la luz de un quinqué de aceite en la mecedora que tenía en la parte de atrás de su habitación. Escribía Simón en esta carta acerca de las destrezas que se encuentran en nuestro interior, y sobre cómo cada ser humano está dotado con la habilidad para aprender y desarrollar todas las aptitudes y talentos necesarios para triunfar.

Recordó que al leer la carta anterior su primera reacción ante la idea de cambiar el mundo fue pensar que quizás otros contaban con la capacidad para lograr tal proeza, pero jamás él; no él, que nació y se crío en medio de la pobreza; no él, que fue enseñado a no cuestionar el orden de las cosas y a obedecer sin discutir. Él no estaba en condición de cambiar un mundo por pequeño que fuera. Y ahora, como si hubiese leído su mente y anticipado sus dudas, en esta nueva carta Simón insistía en que no solo él —Mateo— podía lograrlo, sino que la semilla de una grandeza que él no conseguía imaginar se encontraba en su interior.

Todo lo que necesitas es creer y confiar en ti mismo —escribió Simón, pero mi padre aún no se atrevía a creerlo—. Nunca, nadie había mos-

trado tal confianza en él. En el mundo en el cual
nació la pobreza y el pesimismo se heredaban.
Cuando quiso hacer algo fuera de lo ordinario,
algo grande, siempre hubo quien buscara disua-
dirlo, alguien listo a dejarle ver sus debilidades
y expresarle lo desatinado de arriesgar lo poco
que tenía, por sus pretensiones de alcanzar lo
inalcanzable.

Querido hijo:

*Hace ya varios años leí que los seres
humanos somos el fruto de nuestros pen-
samientos y que las ideas que llegan a
nuestra mente son como semillas que nos
fortalecen o nos debilitan. No recuerdo
quién escribió esto, pero si lo supiera, sin
reparo le ofrecería la mitad de mi fortuna
pues sé que esta sola idea sería la fuente de
nuevas riquezas.*

*Un día, Genaro Valdivia, un viejo ami-
go de tu abuelo, vino a pedirle una reco-
mendación sobre el terreno más apropiado
para el cultivo de una planta que deseaba
sembrar por primera vez. Ya he olvidado
de qué semilla se trataba, lo que sí recuerdo es la respuesta de mi padre. Con una
sonrisa en sus labios le dijo: "Ten presente,
Genaro, que no importa tanto la clase de*

tierra en que se siembre una planta como la clase de persona que vaya a sembrarla".

Palabras sabias, hijo. El labrador hábil en su arte saca provecho hasta del suelo más pobre, mientras que el granjero inepto vive en la miseria, aun en medio del terreno más fértil. De igual manera, la felicidad no depende tanto de las circunstancias favorables como de nuestra actitud y disposición. Así lo descubrió mi buen amigo Marcelino Ibáñez cuando aún era un adolescente rebelde y sin rumbo. En una época, su pobre estima y corta visión por poco le echan a perder la vida. Por eso te digo que debes vigilar con recelo todo lo que permites que entre en tu cabeza ya que los temores y las falsas creencias a veces no nos permiten siquiera apreciar nuestros propios talentos.

Aunque de niño Marcelino fue astuto, y hasta osado, antes de cumplir los veinte años por alguna razón había perdido el arrojo y la fe en sí mismo. No era ya el muchacho avispado y sagaz que todos conocimos, ahora pasaba el día entero entregado al ocio y a las actividades insulsas.

Un día le sucedió algo que habría de cambiar su vida. Según me contó, deambulaba por el mercado como solía hacerlo todos los sábados. La plaza se encontraba atiborrada de mercaderes y comerciantes, pero aún en medio del gentío, la presencia de un forastero entrado en años llamó su atención. El anciano caminaba sin prisa, saludando a la gente y conversando con tal familiaridad que era como si conociera a todos en el pueblo.

Hacia el mediodía, el hombre se situó junto a la ceiba que se encuentra en la mitad de la plaza, donde varios vendedores y campesinos se resguardaban del fuerte sol, y empezó a hablar de las ciudades y pueblos que visitara en otras provincias. Poco a poco la calma y la serenidad de sus palabras, que daba al traste con la algarabía y el desasosiego de los comerciantes, atrajo la atención de quienes aguardaban ahí, incluido Marcelino, que había permanecido indiferente a pocos pasos de él.

El anciano continuó hablando de lo mucho que algunos de esos pueblos se parecían a San Sebastián: los mismos campesinos que cada domingo bajaban de sus parcelas con la esperanza de vender el fruto de sus cosechas, la leche o la carne de *sus hatos y rebaños, tratando de conseguir lo suficiente para subsistir, mantener a sus familias y quizás tener algo de sobra. Habló de cómo semana tras semana repetían esta rutina sin que su suerte cambiara o el producto de su venta aumentara, y mientras tanto los años pasaban, el cuerpo no respondía igual que cuando eran jóvenes y ellos debían afrontar las arduas labores sin la ayuda de nadie.*

Entonces les preguntó qué dirían ellos si él les propusiera traer al trabajador más hábil de toda la región para que les ayudara a ocuparse de su parcela, duplicar el producido de su tierra y vender la carga al mejor precio posible, sin cobrarles un solo centavo. Marcelino escuchaba atento. Como era de esperarse no faltaron las burlas, su propuesta era tan descabellada que algunos se pusieron de pie para marcharse, dándolo por loco. Pero él muy hábilmente los invitó a considerar qué destrezas especiales les gustaría que este trabajador tuviera. Después de todo, mijo, de poco sirve un herrero en la cosecha de trigo, o un segador al momento de esquilar las ovejas. Cada labor demanda ciertas pericias imposibles de improvisar o ignorar.

Me contó Marcelino que el anciano se dirigió a un hombre que estaba cerca de él y le preguntó qué habilidad en particular exigiría él de este individuo, si estuviera en posición de dotarlo de cualquier aptitud posible.

El hombre, un comerciante del pueblo, respondió sin mucho pensarlo que tendría que ser muy responsable. El anciano procedió a escribir esta cualidad en una pequeña pizarra que llevaba consigo. Esto animó a otro de los presentes a decir: ¡Tiene que ser honesto y leal! El viejo volvió a escribir. Y así comenzaron a salir más y más talentos de este trabajador imaginario: entusiasta, disciplinado, constante...

—Mateo, ¿por qué crees que mi madre no volvió a poner pie en esta hacienda después de haberse marchado?

La pregunta tomó por sorpresa al joven capataz, que se había quedado dormido mientras leía. Sacudió la cabeza buscando acomodarse de nuevo en la silla, sin percatarse que ya empezaba a amanecer. La mecha del quinqué humeaba aún, pero el aceite se había consumido por completo. El pliego de papel a medio leer reposaba en el suelo. Se incorporó en seguida y recogió la carta.

—Buenos días, niña Rosario. ¿Ya despierta desde tan temprano? —atinó a decir sin saber a ciencia cierta qué hora era—. ¿Hay algo en lo que la pueda ayudar?

—Te preguntaba a qué crees que se debió que mi madre no regresara nunca más a la hacienda —repitió ella como si hubiese estado esperando allí solo para averiguarle aquello. ¿Te ha dicho mi tío algo al respecto?

—Quizás esa sea una conversa para usted y don Simón, niña.

—En los dos años que llevo en La Victoria en ningún momento ha tocado el tema, y cuando le pregunto acerca de ello cambia la conversación. Es como si no creyera que hay necesidad de aclarar nada.

—¿Y doña Antonia ninguna vez le manifestó nada al respecto?

—Ella tampoco habló de él ni de mi abuelo hasta que... No puedo creer que mi tío jamás te haya mencionado a mi madre.

—No dije eso, niña. Por supuesto que él me ha hablado de ella, pero no es mi lugar...

—Te trata como si fueras su hijo. ¿Crees que no lo veo? Supongo que te considera más familia que a mí... No me importa, créemelo —pero aunque no quisiera admitirlo, la realidad era que sí le importaba—. Solo quiero saber qué te ha dicho de mi madre.

—No sea demasiado dura con él, mire que...

—¿Sabes algo o no? —interrumpió ella, decidida a no permitir que también Mateo evadiera sus preguntas.

—¿Qué quiere que le diga, niña? Él poco me ha comentado de su relación con la señora Antonia. Recuerdo que en una ocasión me habló de lo mucho que le dolió ver el trato que don Ramón le daba a ella.

—Pero no hizo nada al respecto...

—¿Qué iba a hacer, niña? Él era muy joven y nadie se atrevía a llevarle la contraria a don Ramón. Y a él se le había metido en la cabeza que su hija primogénita era una equivocación, un castigo de Dios. ¿Imagínese eso? Misiá Encarnación se sintió muy culpable, aguantó mucho, pero al final fue la mamá de usted la que más sufrió por esas ideas absurdas de su abuelo.

—¿Sabes qué fue lo que más la atormentó...? Que no la hubieran ido a buscar. Vivíamos en Guaduas, a dos días de camino, pero nadie fue ni siquiera a preguntar por ella.

—El patrón me contó que después de algunos años don Ramón quiso enmendar su conducta para con ella, pero no supo cómo hacerlo —el orgullo, creo yo—. Con el paso del tiempo el desamor mató en él hasta los instintos paternos, niña. Quizá cuando regrese de Cartagena sea un buen momento para que usted y don Simón se sienten a hablar de todo eso.

—Quizás —dijo ella, y se marchó.

Las primeras luces del alba comenzaban a despuntar detrás de los cerros. Mateo llenó el quinqué de aceite, prendió la mecha y la llama comenzó a parpadear perezosamente. Se acomodó de nuevo en la mecedora y continuó leyendo:

...Y así, la gente siguió indicando más cualidades de este trabajador ideal: perseverancia, gratitud, decisión... Una tras otra continuaron surgiendo aptitudes hasta que poco a poco ya no supieron de qué

otros talentos dotarlo. Una vez terminaron, el anciano los invitó a que observaran todos los atributos que había logrado escribir en su pizarra.

En aquel momento algo extraordinario sucedió, mijo. Primero, el hombre les preguntó si en realidad querían tener a una persona con esas destrezas trabajando para ellos. Cuando el gentío asintió, les preguntó quienes desearían poseer ellos mismos dichas capacidades. Como te imaginarás, la inmensa mayoría volvió a responder de manera afirmativa. Entonces el anciano calló, recorrió con sus ojos las miradas expectantes de los mercaderes, mujeres y niños que esperaban con avidez, y les dijo: "Ustedes ya poseen todas estas habilidades".

Me cuenta Marcelino que lo más curioso de todo es que en lugar de alegrarse con la buena nueva que el anciano les acababa de dar, la gente respondió con desconcierto, sintiéndose burlada. ¿Ves, hijo? Ninguno de ellos creía poseer estas aptitudes. Les resultaba difícil creer que ellos fueran así de talentosos. No se explicaban por qué, si poseían tales atributos, vivían en tan precarias circunstancias.

No obstante el anciano insistió en que ellos poseían todas esas cualidades, lo cual continuó sin convencer a nadie. Así que él les propuso algo: leería en voz alta cada una de las destrezas que ellos mismos citaron y cuando mencionara una que ellos no creyeran poseer, así fuese en mínimo grado, debían gritar o levantar la mano para que él parara de leer.

¿Cuántos de ustedes carecen de responsabilidad?, preguntó desafiante. Nadie dijo nada. ¿Cuántos creen no poseer honestidad o disciplina...? Todos continuaron callados. ¿Quién está seguro de no poseer una onza de perseverancia...?

Según me contó el propio Marcelino, una a una, el hombre leyó las veintidós habilidades que entre todos juntaran, sin que nadie lo detuviera ni hiciera ningún comentario. En ese momento mi amigo se despertó a una nueva realidad: él, Marcelino Ibáñez, las poseía todas. Quizás adormecidas por falta de uso, pero lo cierto era que se hallaban en su interior. Todo lo que necesitaba era creer y confiar en él mismo.

A partir de ese día, poco a poco volvió a ser la persona que todos conocíamos, llena

*de deseos de mejorar y hacer algo grande
con su vida.*

*Al igual que aquel anciano, yo también
sé que dentro de cada uno de nosotros se
encuentran grandes capacidades y virtu-
des. Ahora tú también lo sabes, mijo. Nunca lo olvides.*

Tu padre

Quizá —concluyó Mateo al terminar de leer
esta carta—, también él estaba en capacidad de
influir en el destino de otros —pensó en Rosario y tuvo una idea para ayudarla a conocer un
poco más a su tío—.

— VIII —

Hay siempre inesperadas gotas de miel...

SERAFÍN EMPUJÓ CON FUERZA la puerta de la Triada y pasó de largo sin advertir que Rosario se encontraba en la pequeña antesala hablando con una de las criadas. Quería avisarle a Mateo que Bernardo Sizeros, el dueño de La Colosal, con seguridad vendría esa tarde a hablar con ellos.

A pesar del nombre, La Colosal no era una hacienda muy grande, a lo sumo una cuarta parte del tamaño de La Victoria. Sin embargo, era su mayor competidor en la producción de caña de azúcar. Por esta razón Serafín no lograba entender las relaciones tan cordiales que su patrón mantenía con el viejo Sizeros.

—Buenas noticias —dijo Serafín con insólito entusiasmo.

—¿Qué sucedió? —respondió Mateo un tanto extrañado. No era común ver en Serafín tales muestras de regocijo.

—Le cayó el muermo rojo a La Colosal. Parece que ya se pudrió una tercera parte de la producción de la primera cosecha y es posible que no siembren el resto.

La pudrición roja, como también se le conoce, es una de las plagas más antiguas del continente, un hongo que suele arrasar con plantaciones enteras de caña de azúcar en cuestión de semanas. Al principio no son más que pequeñas coloraciones rojizas e inofensivas que parecen en ocasiones estar bajo control, pero pronto atacan el interior del tallo carcomiéndolo todo. Cuando uno se viene a dar cuenta de su presencia debido al olor fermentado y agrio que emiten ya es demasiado tarde.

El año anterior Serafín había enfrentado el mismo problema, pero para fortuna de La Victoria uno de los peones descubrió, por casualidad, que algunas tribus Panches de la cuenca del río Gualí se servían de una especie de emulsión para tratar una peste similar que le caía a las plantas de piña. Según ellos, el tratamiento mataba por completo el hongo. Lo único que se requería era sumergir en esta solución los tallos de caña antes de sembrarlos y santo remedio.

Cuando llegó la noticia de lo ocurrido en La Colosal, de inmediato Serafín vio la oportunidad de sacar provecho: le vendería la receta a

Sizeros —el viejo no tendría otra opción que pagar lo que él le pidiera—. No solo eso, sino que retrasaría la entrega del remedio lo suficiente como para asegurarse de arruinar toda su producción de ese año. Así ganaría por partida doble ya que al no tener ningún competidor manipularía los precios a su antojo. Por supuesto, Simón jamás hubiera aprobado ni permitido nada de esto.

—¿Cómo es posible que te refieras a eso como buenas noticias? —Mateo quiso recriminarle su insolencia pero se contuvo, lo que estaba a punto de decirle daría al traste con cualquier artimaña que estuviese planeando.

—Supongo que ya se enteró de que hemos encontrado la manera de controlar la plaga y ahora tratará de convencernos para que la compartamos con él, pero le va costar caro —dijo con una sonrisa desvergonzada.

—Ya pasó por acá esta mañana —respondió Mateo casi con indiferencia.

—¿Y? Espero que no hayas arreglado nada con él. Ese negocio es mío.

—No había nada que negociar —dijo sin apartar la mirada de los papeles en los cuales trabajaba—. Simplemente le di las indicaciones de lo que debía hacer.

—¡Qué!

—Hace unos meses el patrón le prometió a don Bernardo que si alguna vez tenía problemas con el muermo, él le enseñaría cómo controlarlo.

—¿Has perdido la cabeza? —Pudimos haberle cobrado caro...

—¿No escuchaste? El patrón...

—¡El patrón, el patrón! ¡El patrón no está!

—¿Y quiere decir eso que usted hace lo que quiera? —interrumpió Rosario, atraída por la algarabía. Escuchaba desde la puerta sin que los dos hombres se hubiesen percatado de su presencia—. El que él esté ausente no le da a usted ningún derecho a desobedecer sus órdenes.

—Vea, señorita —respondió Serafín sin tratar de ocultar su enfado—, yo sé que usted es la sobrina del patrón y todo, pero...

—Y más vale que no lo olvide —interrumpió ella dando unos pasos hasta quedar frente a él—. Recuerde que en este momento soy la única Saldaña en la hacienda.

Rosario lo dijo más por coraje que porque en verdad creyera que aquella tierra era suya o que tenía siquiera algún derecho a parte de ella.

El recuerdo de las palabras de su madre le ayudó a mantener la mirada firme, inquebrantable. Luego agregó:

—Yo de usted mediría muy bien mis palabras.

Serafín miró a Mateo con menosprecio y salió de la oficina tirando la puerta sin añadir nada más. Y aunque quiso fingir que las palabras de Rosario lo tenían sin cuidado, le fue imposible ocultar su cólera por haber perdido la oportunidad de sacar algún provecho económico del viejo Sizeros.

—Le ofrezco mil disculpas, niña Rosario —dijo Mateo tratando de excusar la insolencia de su compañero—. La verdad es que cada día se pone peor, y desde que empezó a construir la casa que el patrón le encomendó no hay quien lo aguante.

—¿Por qué discutían?

El joven capataz procedió a explicarle lo ocurrido esa mañana, la visita de don Bernardo, la plaga, las intenciones de Serafín; ella seguía cada detalle con gran interés.

—No fue solo por cumplir las órdenes del patrón —le aclaró mi padre, recordando un suceso que aconteciera tiempo atrás—. Una tarde, su tío y yo viajábamos por el camino que va a la vereda Pantano Grande, cuando él distinguió al viejo Tiberio Murcia ocupado en su huerta. Él trabajó en La Victoria por muchos años, pero una vez comenzó a perder la vista y ya no logró con los quehaceres diarios, se mudó a un rancho no muy lejos de la hacienda. Su tío nunca lo ha desamparado, niña. Siempre le manda atados de maíz o cestos de frutas después de cada cosecha o le da algún dinero para ayudarlo con sus gastos. Pues esa tarde Tiberio nos enseñó una lección que jamás habríamos de olvidar.

—Buenas tardes, Tiberio, mi amigo, ¿qué haces trabajando bajo este sol implacable? —le preguntó el patrón cuando nos detuvimos a dejar descansar a los caballos y darles de beber un poco de agua.

—Siembro unas semillas de dátil, don Simón —contestó el viejo Tiberio, levantándose con cierta dificultad.

—¡Dátiles! —exclamó su tío sorprendido, soltando una carcajada como quien acaba de escuchar la mayor tontería—. ¿Cuántos años tienes, Tiberio?

—No sé, don Simón, pero usted sabe que ya pasé de los ochenta hace tiempísimo.

—Pues es que me extraña que no sepas que las palmas datileras tardan mucho en crecer y dar frutos... Más de veinte años, diría yo. Y aunque te deseo que vivas hasta los cien, tú sabes que lo más probable es que no logres cosechar el fruto del trabajo que estás realizando.

—Es posible que tenga razón, don Simón, pero fíjese que me puse a pensar el otro día que en mis ochenta y tantos años yo he comido dátiles que otro sembró, otro que también supo que tal vez no llegaría a probarlos. Y eso me hizo comprender que hoy me toca a mí sembrar para que otros también puedan comer dátiles mañana. Lo hago con gusto, así sea solo para agradecerle a aquel que sembró los que yo me comí.

—Me has enseñado una gran lección, Tiberio—le dijo su tío, dándole un fuerte abrazo al anciano. Luego sacó unas monedas de su bolsa—. Déjame que te recompense por esa sabia enseñanza, buen amigo.

—Se lo agradezco, don Simón. No debió molestarse —respondió Tiberio con una gran sonrisa mientras colocaba las monedas en su bolsa.

Luego agregó algo, niña, ante lo cual su tío y yo no pudimos más que maravillarnos. Volviéndose hacia donde yo estaba, me dijo:

—¿Ve lo que acaba de suceder, joven Mateo? Hace unos momentos don Simón decía que no llegaría a recoger el fruto de esta siembra. Pero aún no termino de plantar y ya coseché estas monedas y la gratitud de un amigo —el patrón soltó otra risotada al escuchar esto.

—Tiberio, esta es la segunda lección que me enseñas en unos minutos y a decir verdad es quizá más importante que la primera. Déjame que retribuya también esta enseñanza —dijo Simón ofreciéndole un par de monedas más—. Vámonos pronto Mateo, porque si continuamos escuchando a Tiberio no me alcanzará toda mi fortuna para compensarle por tanta sabiduría.

—Ese es su tío, niña, un hombre muy agradecido. Por eso le decía el otro día que tiene que aprender a conocerlo… Esa tarde, cuando dejamos al viejo Tiberio, don Simón me enseñó una gran lección que solo hasta hoy, con la visita de don Bernardo, llegué a entender. Él siempre dice que el mayor error que cometemos al aprender es creer que acabamos de descubrir o inventar algo que no existía y que por ende nos pertenece, que somos sus dueños. Y eso es lo que Serafín no entiende. No ha logrado comprender que el remedio para eliminar el muermo no le pertenece a él, ni es propiedad de La Victoria, ni del peón que primero nos lo mencionó. Ni siquiera es de los indios Panches porque hasta ellos lo aprendieron de alguien más. Es de todos.

—Por eso fue que él te pidió que le dieras la receta a Bernardo Sizeros sin más ni más.

—¡Claro niña! Según él, si lo que uno aprende solo le aprovecha a uno y no le sirve a los demás, entonces de qué vale. ¿Me entiende, niña Rosario?

—Sería como la persona que siembra dátiles solo si tiene la seguridad de que logrará comérselos...

—Uy, niña, ¿si ve lo que está sucediendo?

—¿Qué?

—Ya está empezando a pensar como su tío.

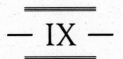

Resuelto a descansar sobre mi escudo...

—VAYA NOMÁS, MIJA; sin embargo no se haga muchas ilusiones. Acuérdese que él es su tío pero no es familia —dijo moribunda ya, mientras alentaba a su hija para que fuese a reclamar lo que era suyo, lo que por derecho le correspondía.

Rosario, que poco había escuchado de Simón, aprendió a despreciarlo mucho antes de conocerlo. Ahora estaba ahí frente a ella, no con el aire severo y venenoso que imaginó, sino con un semblante plácido y sosegado que la tenía desconcertada y confundida.

—Las personas no cambian —la previno su madre—. No llegue allá esperando encontrar cariño.

—Entonces, ¿a qué ir? ¿No es preferible quedarme aquí o ir a buscar a mi padre…?

—¡No! A ese cretino ni lo nombre, no espere nada de él, ni siquiera le dé el gusto de saber que me he muerto, pero a Simón exíjale lo nuestro, lo que es suyo por derecho, mija, lo que mi padre siempre me negó.

—Está bien, mamá... No te preocupes, mamá... Iré tal como me lo pides, mamá... —y aunque nunca pensó hacerlo, cuando Antonia murió ya tenía todo listo para el viaje; decidió no cargar más con rencores y resentimientos heredados—. Ahora descansa, mamá...

Marcial Rosales jamás se enteró de su muerte, tal como ella se lo rogara. Su relación fue una farsa de principio a fin y yo su vástago —pensó ella—, pero no más.

—Yo soy Rosario Saldaña, la hija de su hermana, y vine a decirle que hace cuatro días murió.

Él la abrazó con un abrazo largo, con el abrazo que hubiera querido darle a su hermana cuando a su regreso de Honda, veintisiete años atrás, encontró que ella se había marchado con aquel vividor. Rosario se dejó estrechar, pero sin sentir. Cuando él se separó y la miró de nuevo, sus ojos continuaban impávidos.

—Eres la misma cara de Antonia —atinó a decirle sin percatarse que aún no la había hecho entrar—. Pero pasa, mija, pasa.

Solo entonces cayó en cuenta de la noticia que la muchacha le diera, y sintió el mismo dolor que experimentara cuando su hermana se marchó para siempre y él no alcanzó ya a pedirle perdón ni a decirle cuánto la quería.

—¿Qué lees? —preguntó Rosario.

En los dos años que llevaba en la hacienda aprendió a depender de su compañía, pese a que en ocasiones ella se veía esquiva y desconfiada. Era como si ocultara un resentimiento muy profundo que no fuera suyo sino ajeno —pensaba mi padre—, pero no se atrevía a preguntarle nada al respecto. A pesar de la amistad que existía entre los dos, ella era la sobrina del patrón y él solo un empleado de la hacienda.

—¿Ha oído alguna vez acerca de la Ley de Causa y Efecto, niña?

—¿Qué? —respondió ella segura de no haber escuchado jamás aquello de lo que hablaba Mateo.

—Mientras empacaba todos los objetos que el patrón guardaba en la casona, encontré una bolsa con estos papeles —Rosario tomó la alforja de cuero que el joven capataz le pasó con los escritos rescatados de la hornilla—. Son cartas que don Simón escribió para su hijo.

—¿Su hijo? ¿Mi tío tiene un hijo? —respondió ella sorprendida.

—No, niña Rosario. Eso es lo más triste de todo, él las escribió para el hijo que esperó por diez años. La criatura que nació sin vida. Lo hizo mucho antes de que el crío naciera. Es como si hubiese querido asegurarse que el niño aprendería todas esas ideas que él tanto aplica en su propia existencia en caso de que le llegara a suceder algo a él.

—¿Y tú las has estado leyendo sin su consentimiento?

—No niña, ¿cómo se le ocurre eso? Yo respeto mucho al patrón para hacer algo así. Ese es otro tema que me tiene intrigado. Yo creo que él quería que yo las leyera.

—¿Por qué dices eso?

—Antes de partir me dijo que nada era secreto en la casa y que me deleitara leyendo todo lo que encontrara. Esas fueron sus palabras exactas. Por eso digo que es como si él hubiera querido que las leyera, niña.

Rosario sacó una de las cartas y la hojeó. Desde su mecedora, mi padre la observaba en silencio. Ella comenzó a leer en voz alta mientras caminaba hasta la baranda del corredor y regresaba. Tras unos minutos de ir y venir dejó de leer y lo miró.

—¿Sabes? Me entristece que mi tío no haya pensado en mí para compartir estas enseñanzas.

—Ay niña, déle tiempo, yo creo que él aún no está seguro de cómo se siente usted. Aunque conociendo al patrón, no me sorprendería que hubiese contado con que yo le hablaría a usted de estos escritos.

—¿Cuál fue la ley que mencionaste antes?

—Algo que leí en esta carta. Así la tituló don Simón: *"La Ley de Causa y Efecto"*. ¿Le gustaría que la leyéramos? —dijo Mateo acercando una silla para que Rosario se sentará. Entonces le entregó la carta para que fuera ella quien leyera.

Querido hijo:

Ten siempre presente que toda acción crea su propia recompensa. Todo crimen es

*castigado y toda virtud es premiada. Hay
una causa para todo efecto, si hay humo es
señal de que hay fuego. Esa es la Ley de la
Compensación que se encarga de devolver
a cada cual los frutos de sus acciones...*

—¿Crees que eso es siempre así, Mateo, que
todo lo que el destino nos da premia o castiga
nuestras acciones? —preguntó ella, haciendo a
un lado el papel.

—Sabe qué niña, mi padre trabajó hasta el
último día de su vida, siempre con la certeza de
que jamás saldría de la pobreza en que nació.
Cuando murió no tenía un céntimo a su haber.

—¿Y crees que fue como resultado de la ley
de la cual habla esta carta?

—La verdad, niña, no lo sé. Lo único que sé
es que después de heredar su trabajo en la tienda, al poco tiempo yo pensaba tal como él.

—Y entonces, ¿cómo llegaste acá?

—Un día don Simón vino al almacén; él era
mi padrino, ¿ya se lo dije? —Rosario asintió—
Pues él siempre tuvo un gran afecto por mi padre, pese a que no logró hacerle cambiar esa

manera suya de pensar. Ese día hablamos de mi
futuro, ahora que yo era el hombre de la casa y
debía responder por mi madre y mi hermana.
Antes de irse me dijo que yo me estaba desper-
diciando en esa tienda y me ofreció trabajo en
la hacienda. Esa misma tarde dejé el almacén y
al día siguiente vine a trabajar a La Victoria. Le
cuento esto, niña, porque estoy seguro de que si
me hubiera quedado allí habría terminado pensando y siendo igual que mi papá.

—¿No estás siendo demasiado duro con tu
padre?

—No quiero que me malinterprete, niña.
Siempre aprecié mucho todo lo que el viejo hizo
por nosotros, pero yo no quería terminar sin
haber logrado nada…

—Escucha lo que dice aquí —continuó leyendo ella:

*…recuerda, hijo, que tanto la riqueza
como la pobreza tienen una causa que las
origina, y ¿quién, si no nosotros nos hemos
encargado de producir esas causas? La
vida sencillamente nos devuelve los frutos
correspondientes…*

—Más claro no canta un gallo, niña. Si ese
trabajo no le significó nada a mi papá después

de todos los años que lo realizó, ¿para qué iba a desperdiciar yo mi futuro siguiendo sus pasos?

—Pero entonces, ¿cuál crees tú que fue la causa de que tu padre no hubiera progresado ahí?

—Vaya uno a saber cómo empezó todo. Yo recuerdo que de niño, cuando hablábamos de nuestra condición, él siempre decía que todos los seres humanos llevaban una cruz y que la nuestra era ser pobres, que ese era nuestro destino. Los que tenían más que nosotros era por su buena estrella, o por la suerte, o por haber nacido con talentos que nosotros no poseíamos.

—¿Y no crees que algo de razón tenía?

—No sé. Lo que si sé es que él en ningún momento se detuvo a considerar que cada persona está donde está por decisión propia y que si algo era posible para otros, también lo era para él.

—Es posible que tengas razón —dijo ella, saltando a un párrafo un poco más abajo—. Escucha lo que escribió aquí mi tío:

…No es cuestión de talento, hijo, puesto que muchas personas con gran capacidad se mantienen pobres, mientras que otras que parecen menos talentosas, se hacen ricas. Tampoco es asunto de escuela ya que

tanto estudiosos como gente con muy poca preparación prosperan. Mira por ejemplo a mi compadre Marcelino Santamaría, un hombre que no sabe leer ni escribir, hijo de un campesino muy pobre que no llegó a tener ni siquiera un rancho que ofrecerle a su familia. Aun así Marcelino logró construir uno de los negocios más prósperos de San Sebastián a punta de sudor y empeño.

Cuando veo personas así, mijo, me doy cuenta que aquellos que triunfan son gente común en muchos aspectos. No poseen aptitudes y habilidades que otros no tengan. Es posible que sean las personas más pobres de la región y no cuenten con amigos, ni influencias, ni recursos, pero si sus acciones están guiadas por valores y actitudes nobles, llegarán muy lejos. No obstante, si permiten que las rija la envidia, la pereza u otras actitudes viles, el único resultado posible será el fracaso...

—¿Crees tú que sea así de simple?

—¿Usted qué cree, niña?

—No sé qué pensar, Mateo... No quiero hablar mal de mi madre porque creo que ella sufrió más de lo necesario, pero leyendo esto pienso que siempre vivió víctima del resentimiento y el rencor. Y tenía motivos para sentirse así, pero creo que la persona que más sufrió a causa de su odio fue ella.

—A pesar de lo injusto del trato que don Ramón le dio a su mamá —agregó Mateo—, a lo mejor ella misma se encargó de arruinar aún más su vida manteniendo dentro ese encono que no la dejó ser feliz. ¿No cree usted, niña?

—Lo más triste de todo es que quería que yo continuara cargando con su rencor —por un instante sus ojos parecieron llorosearse, pero rápido volvió a su lectura. Mateo percibió la tristeza en su voz.

...No esperes una gran cosecha a menos que siembres buena semilla, que riegues la tierra y remuevas cualquier maleza que pueda atacar tu cultivo. Ten la plena seguridad, mijo, de que siempre cosecharás lo que hayas sembrado. Si esparcimos rencor, cosecharemos desdicha y frustración, y no estamos en posición de culpar a nadie ya que nosotros mismos nos encargamos de la siembra. Y aunque muchas veces el efecto de nuestras pobres decisiones no se ve de manera inmediata, te lo aseguro como que me llamo Simón Saldaña, que tarde o tem-

prano las consecuencias de toda acción salen a flote...

Rosario puso de nuevo la carta dentro de la bolsa sin terminar de leerla.

—Me gusta leer contigo, Mateo —dijo y en seguida se marchó.

Esta sería la primera de muchas ocasiones en que leerían juntos antes de que regresara Simón de su viaje. Nada podía prepararlos para lo que descubrirían en aquellos escritos y cómo esas ideas repercutirían en sus vidas.

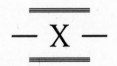

Rendido bajo el peso del destino...

CON CADA NUEVA CARTA, Mateo adquiría un mayor entendimiento sobre la más importante de todas las lecciones aprendidas. Una y otra vez la veía enunciada en cada escrito, quizás de diferente manera, pero era la misma lección, la misma enseñanza.

—Lo primero que su tío me preguntó cuando llegué a La Victoria fue qué opinión tenía acerca de mí mismo. Con mucha vergüenza le confesé que no entendía la pregunta.

—Cada uno de nosotros es lo que cree ser —respondió don Simón, sonriente como siempre, tratando de tranquilizarme—. Aquel que cree que saldrá adelante ya tiene la mitad de la batalla ganada, pero si cree que se va a venir abajo, ya perdió. Así que, como vez, a la larga todos somos lo que creemos y esperamos ser. Entonces, muchacho... ¿Quién crees que eres?

—¿Qué le respondiste?

—¿Qué le iba a decir, niña, si crecí escuchando que yo era pobre, que siempre sería pobre y que nada que yo hiciera iba a cambiar esa realidad. Si le confesaba eso con seguridad su tío me habría pedido que diera media vuelta y saliera de su propiedad. Así que le respondí que estaba ahí porque quería cambiar la manera como me veía a mí mismo. Su tío soltó una carcajada y me dijo: Creo que nos vamos a entender bien, Mateo.

—Nunca te has preguntado por qué mi tío tuvo tanto interés en enseñarte.

—Niña, don Simón le habría enseñado a cualquiera que mostrara empeño por aprender. Es su naturaleza… Lo lleva en la sangre. Lo que sucede es que eso de creer en uno mismo no es tan fácil como parece. Todos queremos salir adelante, pero a la hora de educarse y crecer no todos estamos dispuestos a instruirnos. Somos testarudos y nos rehusamos a cambiar.

—¿Lo dices por Serafín? —señaló Rosario con algo de picardía en su voz.

—No niña, lo digo por mí. Leyendo estas cartas me doy cuenta que desde el primer día que puse pie en La Victoria don Simón siempre quiso enseñarme, y yo no lograba entender para qué me iba a servir todo eso que él me explicaba. ¡Diez años trabajando aquí y hasta ahora comienzo a comprender la sabiduría de todo lo que él ha querido meterme en la cabeza! Aún recuerdo que tras escucharlo aquel primer día, estaba tan confundido que le pregunté:

—Perdone usted, patrón, ¿quiere decir que el solo hecho de creer que ganaremos es suficiente para alcanzar el éxito? —me acuerdo que don Simón se reía con ganas viendo mi ingenuidad.

—Por supuesto que no, muchacho, si fuera así de simple San Sebastián contaría con muchas más fortunas de las que ahora tiene. Para triunfar no es suficiente con anhelarlo, debemos estar dispuestos a prepararnos y hacer cuanto sea necesario... Pagar el precio, decía mi padre... ¡Hay que pagar el precio!

—¿Y quién va decir que no? Con tal de no fracasar uno hace lo que sea...

—Debería ser así de sencillo de entender ¿no es cierto? El problema, Mateo, es que pese a que nadie se propone fracasar, muchos labran su propio fracaso cuando comienzan a cuestionar el precio que deben pagar por prosperar y abrirse camino, cuando se quejan de lo duro que es el destino que les ha tocado, o se concentran en sus debilidades y no en sus fortalezas y terminan por verse a sí mismos como venidos a menos. Y entre más inútiles se sienten, más incapaces los ven los demás, y así los tratan, lo cual ratifica lo que ellos ya creían saber: que eran unos ineptos... ¿Ves lo terrible de esa trampa, Mateo?

—Hasta con las cuestiones más sencillas y ordinarias que sucedían, su tío siempre buscaba enseñarnos algo —le dijo a Rosario invitándola a escuchar lo que decía la carta que leyera la noche anterior—. Escuche la historia que escribió aquí. Él la llama: *Piensa en grande*. ¿Y sabe qué, niña? Recuerdo haberle escuchado hablar de esto cientos de veces...

Querido hijo:

Ayer llegué de visitar a tu tío Artemio. Hace unos meses decidió mudarse a un caserío situado a orillas del Magdalena, a un par de horas de La Victoria. Según él, lo hizo por su amor al agua. Dice que un día se irá a vivir cerca al mar. Bueno, ya lo conocerás. Te decía que estuve visitándolo y me sucedió algo que tengo que contarte, mijo, para que veas lo que ocurre cuando nos acostumbramos a pensar en pequeño.

Atravesaba un puente sobre el río Gualí y paré un momento a descansar y a mirar las aguas que venían turbias y espumosas a causa de la creciente, ya que era época de lluvias y los ríos andaban bien revueltos.

Me llamó la atención un hombre que se hallaba en la ribera izquierda pescando con un anzuelo rudimentario. Por su apariencia concluí que esa orilla no solo era su lugar de pesca sino su morada. Tenía armado un cambuche con hojas de palma y ramas de matarratón para resguardarse del sol y la lluvia, y había construido un fogón con tres rocas, sobre el cual mantenía una pequeña charola para cocinar lo que lograra pescar.

No lo perdí de vista y me causó gran curiosidad ver que una y otra vez, tras sacar un pez, el hombre tiraba de nuevo al río los peces grandes y guardaba solo los pequeños.

Que curioso, pensé, este hombre tiene su fogón listo para cocinar y da la impresión de no haber comido en largo tiempo. ¿Cómo explicarse entonces que tire los peces grandes y carnosos y conserve los pequeños, que son solo hueso y espina? Mi curiosidad pudo conmigo y bajé hasta la orilla a preguntarle sobre su inexplicable conducta.

El hombre se sonrojó, me dijo que entendía mi confusión y luego me dio una explicación que hubiera hecho irse de espaldas hasta al más simplón de los mortales. Verá usted, me dijo con gran naturalidad, yo quisiera conservar los pescados grandes, el problema es que todo lo que tengo es esta pequeña charola donde solo caben los peces pequeños. Yo lo miré incrédulo, pensando que me tomaba del pelo, pero no, hijo, hablaba en serio.

El resto del camino me fui pensando en cuántas personas viven de la misma manera, contentas con los peces pequeños por temor a no saber cómo aprovechar los grandes, pero siempre quejándose de la charola tan pequeña que el destino les dio. Persiguen pequeñeces porque no creen contar con las aptitudes para aprovechar las oportunidades que la vida les ofrece.

No caigas en esa trampa, hijo. No les temas a los grandes desafíos ni elijas los sueños pequeños por la facilidad que ellos parecen brindar. Piensa en grande, mijo. No permitas que tus circunstancias limiten tus aspiraciones. Ve tras los grandes *ideales y en el camino aprenderás lo que necesites para lograrlos.*

Estoy convencido de que si crees en ti, tus aptitudes crecerán, si persigues sueños grandes, tu capacidad se desarrollará ampliamente. Pero duda de tu talento y éste se debilitará hasta desaparecer.

Tu padre

—¿Si ve, niña Rosario? Antes de llegar aquí yo siempre pensé que el destino solo tenía para ofrecerme peces pequeños. Su tío me enseñó a creer en mí mismo y a buscar los peces grandes, a soñar con ellos, a creer que los merezco...

—Me doy cuenta de cuánto lo quieres, Mateo.

—Cómo no quererlo y vivir agradecido con él, niña. Él me ayudó a deshacerme de la charolita que cargué desde siempre, y a descubrir aptitudes que ni yo mismo creía poseer.

— XI —

Cuando me vaya para siempre...

EL DISEÑO DE LOS PLANOS de la nueva casa estuvo a cargo de Agustino de Petrés, el único arquitecto residente en San Sebastián. Y aunque Petrés se ofreció a asistir en la supervisión de la obra a un costo muy bajo debido al aprecio que le guardaba a don Simón —según me contó él mismo mucho después—, Serafín prefirió contratar los servicios de Eugenio Montes, uno de sus albañiles, a un costo mucho más reducido.

Tras limpiar y nivelar el terreno y excavar los canales para los cimientos, labor que le tomó un par de meses pues no paraba de llover, el siguiente paso era la compra de los materiales.

Pensando en lo que le resultara más conveniente, Serafín decidió que la nueva edificación no requeriría del granito ni el mármol de alta calidad usado en la casa principal, como tampoco de los elaborados remates utilizados en su fachada. También era posible obviar los miradores y las ventanas voladas que Simón incorporara en muchas de las construcciones más recientes, pues el sitio que él escogió para la casa no ofrecía paisajes vistosos, de modo que tales excesos salían sobrando.

Los días eran largos y cualquier tarea, por insignificante que fuera, se hacía difícil debido a las inclemencias del calor implacable que azotaba la región aun en los días lluviosos. La irritabilidad de Serafín comenzó a hacerse insoportable. Cualquier tropiezo o menoscabo lo hacía estallar, y Eugenio, quien empezaba a arrepentirse de haber aceptado aquel trabajo, terminaba pagando siempre los platos rotos.

Fue por esos días cuando Serafín resolvió que si debía soportar aquella tortura, por lo menos buscaría la manera de obtener algún beneficio económico de tan tediosa tarea. Nada nuevo en él, nunca dejaba pasar la oportunidad de sacar provecho de cualquier situación con el menor esfuerzo posible. Y la ocasión no podía ser mejor puesto que a su modo de ver resultaba absurdo trabajar tan duro y esforzarse tanto cuando su patrón no estaba presente para supervisarle. Después de todo…, una vez levantada la pared es imposible juzgar la calidad de los cimientos.

—¿Dónde crees que es posible conseguir el hormigón a un buen precio, Eugenio? —Sabía que Montes tenía fama de ser un pícaro desvergonzado y debía conocer a todos los proveedores del pueblo, en particular a los de su calaña.

—Usted sabe que eso depende, don Serafín—respondió el otro con una sonrisa un tanto socarrona.

—¿Depende de qué? No te andes con majaderías ni rodeos, que conozco muy bien a los de tu clase.

—Pues depende de la calidad que lo quiera, patrón. El mejor cemento tocaría traerlo desde Santafé. En Honda se consigue cal y gravilla a mejor precio, pero no de la misma calidad o inclusive hay lugares aquí mismo en San Sebastián donde se encuentra hormigón muy, muy barato... Todo depende de cuánto dinero quiera meterle a la obra, don Serafín.

El capataz se quedó pensativo por unos momentos. Sabía que tampoco era prudente utilizar lo más barato ya que las instrucciones de Simón fueron claras... Aunque lo más probable era que su patrón jamás fuera a notar la diferencia.

—Sin querer meterme en lo que no me importa, don Serafín —se adelantó Eugenio, percibiendo la indecisión del capataz—, me permite hacerle una pregunta… ¿Qué uso le van a dar a la casa…? ¿Quién la va a ocupar?

—Eso no te incumbe… Baste decir que no es para mí.

—En tal caso, patrón —respondió él sin pensarlo demasiado—, ¿para qué gastar más de lo necesario? Total, una vez esté pintadita y bien presentada, que más da la clase de hormigón que usemos. ¿No le parece a usted, don Serafín?

Serafín sonrío.

Eugenio resultó ser más astuto de lo que el mismo capataz hubiera imaginado. De acuerdo a sus instrucciones, y aprovechando que el hormigón de los cimientos debía estar apuntalado veintisiete días para que fraguara del todo, se dio a la tarea de buscar en los depósitos y almacenes del pueblo a quien estuviese dispuesto a facturar por piedra y mampuesto de alta calidad y enviar material de menor clase. La buena noticia, como se lo dijo a Serafín desde un comienzo, era que habría dinero de sobra para repartir la diferencia.

Años más tarde, cuando Serafín ya había dejado La Victoria, en lo que solo es posible considerar como un acto de simple desespero, Eugenio Montes le confesó a mi padre todos los pormenores de la artimaña. Pero más que una señal de arrepentimiento, lo suyo parecía ser una súplica, Montes se quejaba de no haber recibido un solo centavo de lo que el capataz le prometiera.

Una vez terminó el trabajo de demolición de la vieja casona, Mateo volvió a sus quehaceres habituales. Durante los ratos libres continuó leyendo cada una de las cartas, algunas de las cuales repasó más de una docena de veces para cerciorarse de haber aprendido las enseñanzas contenidas en ellas. Si concluía sus labores temprano, se sentaba junto a la fuente a leer. Rosario lo acompañaba algunas veces, y así comenzó a desarrollarse una gran amistad entre los dos, pese a que él siempre se aseguró de no olvidar que ella era, por sobre todo, la sobrina del patrón.

Cuando descubría una carta que tuviera un especial significado, pasaban horas discutiendo sus aplicaciones prácticas. Eso fue lo que sucedió con uno de los últimos escritos que leyeron antes del regreso de Simón. Llevaba el sugestivo título *Esclavos de nuestras creencias*. En ella, Simón le advertía a su hijo que se cuidara de las personas que acostumbran arrasar con nuestras ilusiones.

Querido hijo:

No permitas que nadie quebrante tu espíritu o robe tus sueños. Siempre me escucharás hablar de la importancia de estar comprometido con un gran ideal. ¿Te preguntarás a qué me refiero con esto de grandes ideales? Verás, mijo, tus ilusiones, tus principios y tu carácter son la esencia de quien eres. Ellos son tú y tú eres ellos. Por eso debes protegerlos con recelo, fortalecerlos con cada acción y no permitir que nadie te empuje a actuar en su contra. La gente grande no se reconoce por la fortuna que ha podido acumular, ni los títulos que posea, sino por la esencia de su carácter.

En cierta ocasión escuché de don Bernardo Romero, tu abuelo materno, la historia de un hombre cuyo ejemplo me enseñó cómo, aun en medio de las peores circunstancias, nuestros anhelos nos proporcio-

nan la fuerza y el coraje para salir adelante y sobreponernos a cualquier desafío que enfrentemos.

El hombre soportaba una de las más terribles injusticias que pueda sufrir un ser humano: era parte de una cuadrilla de esclavos en una de las minas de oro de la región.

Siempre he visto con repudio y dolor la esclavitud a que algunos pueblos son sometidos por parte de otros y me da tristeza decirte que nuestra patria no ha estado libre de tal barbarie. De hecho, la explotación de las minas y la esclavitud siempre han ido de la mano, mijo, tanto así que aquí en nuestra provincia los hacendados que poseen minas en sus tierras ostentan el título de "Señor de mina y de cuadrilla de esclavos".

Según cuenta don Bernardo, en una hacienda de propiedad de un tal Gaspar Mosquera, cercana a la población de Armero, se hallaba una de las minas de oro más ricas de toda la provincia. Mosquera poseía un gran número de esclavos negros, "rescatados del África", como se decía hasta hace poco para tratar de limpiar la conciencia y ocultar la gran vergüenza de haber raptado a otro ser humano para someterlo a una condena de la cual la única redención era la fuga o la muerte.

El grupo de hombres solía iniciar su faena con la salida del sol y en ocasiones no paraba hasta mucho después de caída la tarde. Eran jornadas largas y penosas bajo la vigilancia de un mayoral que no tenía ninguna consideración para con este puñado de individuos. Les exigía un esfuerzo descomunal para cualquier ser humano sin tolerar ningún tipo de indisciplina ni admitir nada que no fuera su total sumisión. Como te imaginarás, con frecuencia muchos de ellos enfermaban y hasta morían como resultado del trato inhumano al que eran sometidos.

Los esclavos hablaban poco entre sí; su espíritu visiblemente quebrantado les había enseñado a no esperar mucho de la vida así que se limitaban a sobrellevar cada día evitando en lo posible los horribles castigos que les propinaba el capataz cuando cometían un error o cuando alguien se desplomaba, víctima del cansancio y la fatiga.

En cierta ocasión llegó a trabajar a la mina un joven esclavo en quien se advertía algo excepcional; el mulato exhibía una actitud altiva, casi desafiante. Un par de meses después de su arribo era evidente para todos que este no era un hombre ordinario. Compartía con sus compañeros de penuria historias sobre lo que quería hacer con su vida, los alentaba a aferrarse a sus ilusiones y anhelos con todas sus fuerzas, y a no permitir que el cruel capataz los despojara de sus ideales y sueños de libertad.

Desde el primer día de su llegada limpió una pequeña parte del terreno aledaño a la caleta donde dormía el grupo y sembró algunos vegetales. Cada noche antes de irse a dormir el joven atendía sin falta las necesidades de su improvisada huerta sin importar lo duro que hubiese estado el trabajo ese día.

Sobra decir, hijo mío, que su actitud era vista por el mayoral como una clara muestra de rebeldía e indisciplina, una influencia negativa sobre el resto de la cuadrilla. En castigo a su osadía, para él estaban reservadas las peores labores, las más severas e inhumanas. Las golpizas y castigos eran frecuentes y el encargado siempre se las arreglaba para que su faena se prolongara hasta mucho después de que el resto del grupo se hubiese retirado a descansar.

Tras una larga jornada de duro trabajo era tal el cansancio de aquellos hombres, que apenas si tenían fuerzas para consumir su ración de plátano y arepa y caer en el piso doblegados por la fatiga, pues necesitaban aprovechar las pocas horas de reposo que tenían de manera que lograran soportar la faena del día siguiente.

¿Tienes idea del estado en que llegaba aquel pobre infeliz, habiendo trabajado, no doce horas como el resto del grupo, sino quince, dieciséis y hasta dieciocho horas seguidas? Pero sin importar su cansancio, ni su precario estado, ni qué tan tarde fuera, él buscaba siempre el tiempo para atender su huerta.

Sus compañeros no entendían la razón del empeño con que cuidaba aquel jardín. Se burlaban de tal necedad, no lo miraban con buenos ojos temiendo que, por culpa de él, el capataz la emprendiera contra todos. No veían el propósito de tan frívola tarea ya que el pequeño sembradío no daba mayor fruto. Y hubo quienes le tomaron aversión, pues suponían que su único fin era dejarles ver que él era distinto a todos.

Una noche, luego de trabajar más de dieciocho horas seguidas en la mina, llegó el joven a la barraca con su cuerpo cubierto de lodo de pies a cabeza. Las llagas en sus manos exponían las carnes rojas y pulsantes. El agotamiento era tal que dos de sus compañeros de infortunio debieron ayudarlo a llegar hasta el catre en el que dormía. Su estado era tan lamentable que algunos llegaron a pensar que esa sería su última noche; ya había sucedido con otros. Sin embargo, para sorpresa de todos, en lugar de dejarse caer sobre la estera como el resto del grupo lo hiciera, el hombre tomó sus herramientas y se dispuso a atender la huerta, como era su costumbre.

Cerrándole el paso, el más viejo de todos los esclavos le reprochó con severidad frente a los demás: "¿Qué haces? ¿Acaso quieres acabar con tu vida? Nosotros aquí, hechos trizas, tratando de reponernos para lo que nos espera mañana y tú, que has trabajado el doble, en lo único que piensas es en coger tu maldito azadón para atender ese rastrojo... ¿Qué buscas con ello?".

Sin exaltarse ni perder la compostura, el joven le respondió: "Hoy he trabajado dieciocho horas para otra persona, construyendo con mi sudor su beneficio, no el mío; rompiéndome el lomo bajo las órdenes de alguien a quien no le importa si vivo o muero, y qué desgracia sería irme a dormir sin haber trabajado tan siquiera unos instantes para mí mismo".

Habiendo dicho esto se dirigió al plantío.

¿Ves, hijo mío? Su pequeño jardín era su manera de proclamar que aunque su cuerpo y esfuerzo fuesen explotados y abusados por otro, había algo que aún era suyo, que todavía le pertenecía. Su trabajo en aquella huerta era su manera de mantener viva su esperanza de libertad.

Espero que la historia de este valiente hombre te ayude a entender que no debes permitir que nada ni nadie quebrante tu espíritu. Sé siempre un celoso protector de tus sueños y recuerda que en el camino seguramente encontrarás personas que, al igual que el viejo esclavo o el mayoral encargado de la cuadrilla, intentarán desanimarte de perseguir tus ideales, buscarán por todos los medios detenerte o con-

*vencerte de que lo mejor es que renuncies
a ellos. No lo permitas, eres tú quien debes
decidir si persistes o te das por vencido.*

Tu padre

De vez en cuando, mi padre pasaba a echarle un vistazo al trabajo de construcción de la nueva casa. Un día notó que en lugar de utilizar hormigón para nivelar el piso del patio, antes de colocar las baldosas, el albañil se valía de una mezcla de escombros y pedrisca gruesa, una costumbre que, aunque reducía los costos, ocasionaba que el piso se cuarteara al poco tiempo. Se lo hizo saber a Serafín, pero él no le dio mayor importancia al asunto. Papá sabía que de haber estado allí don Simón lo habría reconvenido por la mediocridad de su labor obligándolo a rehacerlo todo. En repetidas ocasiones les había advertido a uno y otro que quien busca lo mejor con frecuencia lo alcanza, mientras aquel que se contenta con realizar un trabajo pobre e inferior termina viviendo de esa manera. Tristemente, en lo que a Serafín se refería, el orgullo del que hablaba su patrón, la satisfacción de realizar un trabajo a cabalidad, era algo que lo tenía sin cuidado.

Ya en otra oportunidad le había llamado la atención a Serafín por lo mismo. Ocurrió después de una de las mejores cosechas algodoneras en muchos años. Simón, a quien la experiencia le dio la habilidad de calcular con asombrosa precisión la producción de una cosecha, encontró grandes diferencias entre sus cálculos y los informes de su capataz, así que decidió ir él mismo a inspeccionar el terreno y encontró una gran cantidad de algodón tirado en el suelo o aún en los capullos.

—Toma el mismo tiempo y esfuerzo hacer algo bien que hacerlo mal —le censuró con gran severidad—. Una buena cosecha requiere de tres días, que es el mismo tiempo que has tomado. La única diferencia es que tú desperdiciaste un diez por ciento del producido.

Él no dijo nada en su defensa. Pese a los esfuerzos de Simón por inculcar en él buenos hábitos, todo lo que Serafín aprendió de aquel incidente fue que lo malo no era hacer un trabajo pobre, lo molesto era ser descubierto. Y esa parecía ser la misma actitud con la que construía la casa.

Fue así como, con el paso de los meses, y pese a la baja calidad de los materiales utilizados y al pobre empeño con el cual Serafín ejecutaba sus labores, poco a poco la casa fue adquiriendo forma.

— XII —

Serpiente que muerdes tu cola...

MATEO GOLPEÓ SUAVEMENTE a la puerta. Era tarde y no quería importunarla. Si no estaba despierta, esperaría hasta la mañana siguiente y tal vez entonces leerían juntos la carta.

—¿Quién es? —respondió Rosario.

—Soy yo, niña, Mateo.

Luego de unos instantes la puerta se abrió.

—¿Sucede algo? —preguntó, extrañada con la presencia del joven capataz a esas horas.

—Nada, niña… Usted me va a disculpar que la esté importunando tan tarde ya…, pero le traía una de las cartas que estoy seguro le… —Rosario tomó el pliego que él le alcanzaba.

—Debe ser muy especial para que no hayas esperado hasta mañana —agregó desdoblando el papel con gran curiosidad.

—Pues es que la otra tarde usted mencionó que la razón por la que su mamá jamás pensó en regresar no fue el rencor o el resentimiento, sino tal vez el temor a lo que pudiera encontrar aquí en La Victoria… Y como esta carta habla de eso, supuse que le ayudaría a entenderla a ella mucho mejor… y también conocer a su tío un poco más.

—Gracias, Mateo… ¿Quisieras….? —Rosario abrió la puerta un poco más e hizo un gesto con la mano invitándolo a pasar a la pequeña sala.

—Creo que es mejor que la lea usted sola, niña, que pase buena noche… —se adelantó a decir él y dio media vuelta sin ocultar la incomodidad que sentía por haberse tomado el atrevimiento de venir hasta sus habitaciones a esa hora de la noche.

La primera vez que escuchó hablar a su madre sobre La Victoria, Rosario tendría unos once años. Vivía junto con sus padres en las afueras del cantón de Guaduas, en una casucha ubicada a unas cien yardas del antiguo convento franciscano. Era una callejuela triste y olvidada por la cual no acostumbraba a pasar nadie ya que el convento había sido clausurado dos años atrás. Rosario era una muchacha sagaz y despierta, y la aburría vivir en aquel caserío donde su día transcurría entre los quehaceres domésticos y los pequeños trabajos que cumplía para ayudar con la economía de la casa.

Aprendió a leer, a pesar del poco interés que sus padres mostraron por su educación, asistiendo a las clases de catecismo, gramática y aritmética que, por caridad, impartía un párroco franciscano que permaneció en aquel lugar cuando el convento cerró.

—Leer y contar no le va a servir de nada, mija. Entre más rápido aprenda cuál es su sitio, menos sufrirá —le reprochaba Antonia. Su padre no le decía nada; era un borrachín que no creía que ella tuviera uso de razón, así que opinaba que todo aquello era una pérdida de tiempo de todas maneras.

—Pero tú sabes leer —le respondía ella a la madre, queriendo convencerla para que la enviará a una escuela de primera letras, así fuera en otro pueblo.

—¿Y de qué me sirvió…? En este maldito caserío las hembras solo tienen dos usos, parir hijos y… Mejor dicho, tenga la seguridad de que en La Victoria no habría salido de la cocina.

—Mamá, ¿cuándo vamos a ir a visitar a...? —empezó a decir con timidez—. ¿No has pensado que es hora de...?

—¡Ya le dije que esa familia es como si no existiera!

Toda conversación concluía en lo mismo. En seguida venían los largos sermones sobre el desamor de su padre y la cobardía de ese hermano que no levantó un dedo para defenderla. De su madre nunca esperó mucho ya que, según ella, doña Encarnación era un vástago más de esa sociedad donde los únicos que contaban eran los varones. Las mujeres se podían ir al mismísimo infierno porque no tenían voz ni voto en nada.

—Así que váyase acostumbrando, mija... Porque no importa qué tanto sepa leer y sumar, a la hora de la verdad, de nada le servirá tanto número y tanto garabato.

La niña no conoció al abuelo, quien murió cuando ella tenía seis años de edad, pero aprendió a odiarlo con un rencor visceral heredado de su madre. No obstante, siempre tuvo la curiosidad de conocer a su tío, así fuera solo para cantarle sus verdades en la cara si todo lo que su mamá decía de él resultaba ser cierto.

Tan pronto se retiró el joven capataz, ella encendió la lámpara que reposaba en la mesa junto a la cabecera de su cama y se recostó a leer. Antes de desdoblar el pliego reflexionó sobre cuánto había cambiado todo desde su llegada. Su tío no era la persona que pensó encontrar. Las cartas que leía en compañía de Mateo le revelaron a una persona muy distinta a la que ella imaginara.

Querido hijo:

Si vas a tenerle miedo a algo, que sea al temor. ¡Qué lacra más debilitante! Es una de las razones más comunes por la cual muchos nunca prosperan ya que le temen a todo: a lo desconocido, a los riesgos, al rechazo por parte de los demás o a la posibilidad de fracasar. Te puedo asegurar, mijo, que a través de todos mis años en esta tierra he visto más sueños morir a causa del miedo que por cualquier otra razón. Y debo confesarte que en ocasiones yo mismo permití que los temores me detuvieran de proceder como debía. Pero bueno, ya te hablaré de eso en otro momento.

Recuerdo que cuando yo tenía diez años llegó a San Sebastián la noticia de que el navío el Septentrión había naufragado en las costas de Málaga a causa de un temporal. El suceso hubiese pasado desapercibido de no ser porque tu abuelo, que por alguna razón siempre vivió entusiasmado con las peripecias militares del General de la Armada Real, Blas de Lezo, recordara que el Septentrión estuvo involucrado en la guerra en que los ingleses sitiaron a Cartagena de Indias durante tres meses.

Te preguntarás a dónde voy con todo esto. Pues pensando en los riesgos que a veces es necesario tomar en la vida, hay quienes alegarían que el buque, que fue construido en los muelles de la otra Cartagena, la peninsular, habría permanecido mucho más seguro si jamás hubiese zarpado y, en lugar, hubiese continuado acogido al resguardo que le ofrecía el puerto.

Por supuesto que existe cierto peligro con abandonar la seguridad del muelle y aventurarse a navegar por los mares profundos. Todo puede suceder. Es indudable que el Septentrión habría evitado cualquier desgracia con solo seguir en tierra firme. Sin embargo, mijo, él no fue construido para quedarse en el muelle, resguardándose de los riesgos, sino para navegar por los mares.

De esa misma manera, nosotros no fui-
mos creados con el único propósito de eva-
dir los peligros. Fuimos puestos sobre la
tierra para luchar por nuestros propósitos,
y eso es lo que debemos hacer sin importar
los riesgos que ello implique...

Mientras leía no lograba dejar de pensar en
que su madre siempre vivió presa de los miedos
y las dudas. El temor la detuvo de buscar reso-
lución a su dolor. Aunque Rosario sabía que eso
era solo una parte de la historia, la otra parte se
escondía en algún lugar de la hacienda.

A la semana de haber llegado, una vez estuvo
instalada y comenzó a familiarizarse con el fun-
cionamiento de la hacienda, Rosario empezó a
ganarse la confianza de las criadas, así que ave-
riguaba sobre todo lo que se le venía a la cabeza.
Como no veía a la señora de la casa supuso que
ella tampoco tenía interés en verla ni en saber sobre la vida pasada de su marido. Cuando preguntó por ella se enteró de su muerte, supo que falle-
ció casi de su misma edad, y vio la tristeza con la
que las criadas se referían a la viudez de Simón.

Pese a que todos en la hacienda le tenían a su tío un profundo afecto, su relación con él seguía siendo fría y distante. Le molestaba que a él parecía no urgirle saber mucho más de ella o de su madre. Las veces que comían juntos hablaban de trivialidades, de los quehaceres diarios o de cualquier otro tema, pero el nombre de Antonia jamás salía en conversación. Esto la indignaba cada vez más y comenzó a pensar que quizá su madre tenía razón y que tampoco él la veía a ella como familia.

Un día, cuando ya no logró contener un instante más su desazón, entró en su oficina con la intención de preguntarle si él prefería que ella se marchara de la hacienda. Sentado detrás de su escritorio, Simón mantenía la mirada fija en un viejo jarrón de arcilla olvidado en un rincón en el que reposaban una rama de almendro seca y los restos de un puñado de flores petrificadas. Como no se dio cuenta de su presencia ella permaneció junto a la puerta observándolo en silencio, lo suficiente como para que los ánimos caldeados con que entrara se aquietaran un poco. Cuando él se percató de que ella estaba ahí, la llamó a su lado.

—Pasa, hija, no te quedes ahí… ¿Nunca te he hablado de Isabel? —dijo alcanzándole un daguerrotipo de ella que mantenía sobre el escritorio.

—No… Pero ya sé que ella y su hijo murieron durante el parto… Debió ser muy doloroso para usted.

—Le gustaba mucho el aroma del almendro… Y las flores… ¿Sabías que yo traje a La Victoria los primeros almendros…? A tu madre también le encantaban los almendros…

—¿Por qué no me ha hablado de mamá en los días que llevo aquí…? Hasta ahora, es la primera vez que la menciona.

—Cuando Isabel murió, en lo único en lo que conseguía pensar era en todo lo que olvidé decirle, en lo que dejamos de hacer esperando el momento adecuado para realizarlo… Cuando nació el niño sin vida, ella quería morirse. Después de un par de horas viéndola en ese estado de delirio, la partera le ordenó a uno de los criados que fuera de inmediato a San Sebastián a traer al médico, pero yo le dije que yo lo haría. Cuando escuchó que yo partía, Isabel, que se iba y volvía de su inconsciencia, me pidió que me quedara a su lado. Le aseguré que estaría de vuelta en un par de horas y que todo se arreglaría… Cuando regresé, ya había muerto. Jamás me perdoné haberla dejado en su momento más vulnerable… Algo similar sucedió con tu madre, yo la quería mucho y al mismo tiempo sentía una enorme tristeza por ella, odiaba ver el

trato que recibía de mi padre. Aunque me avergüenza confesarte que terminé por aceptarlo
solo por no discutir con él.

—Ella nunca le perdonó eso… Quiero decir
que…

—¡Lo sé! Tampoco yo me lo he perdonado.
La tarde que papá le iba a advertir a Antonia
que tenía que terminar sus amoríos con Marcial
Rosales o de lo contrario debía marcharse de la
casa, yo sabía que se iba a armar un escándalo
de todos los diablos y no quería estar presente así que adelanté un viaje que debía hacer a
Honda para no tener que observar todo aquello.
No creí que fuera a pasar a mayores… Todo lo
que quería era evitar estar en medio de aquel
agarrón. Pero cuando regresé, Antonia ya no
estaba… Se había marchado. Cuando me infor-
maste de su muerte, pensé: ¿Cuántas veces más,
Simón… Cuántas veces más?

—¿Por qué no pasó ninguna vez por la casa
en Guaduas? Sé que en varias ocasiones estuvo
cerca, en camino a la capital.

—Me apena admitirlo, pero fue el temor. Tenía miedo de que ella no quisiera ni verme.

—Qué ironía —dijo Rosario, como quien piensa en voz alta—, lo mismo que no la dejó volver a ella…. Eso, y también su orgullo…

—Y es el mismo temor que me detuvo de hablarte de todo esto hasta ahora.

Leyendo esa carta logró por fin entender las palabras que su tío le dijera aquella tarde, al final de esa conversación sentida que le permitió conocerlo un poco mejor: "Recuerda, Rosario, que a nada hay que temerle tanto como al miedo mismo".

…Claro, mijo, que hay ciertos riesgos asociados con decir: "Haré esto" o "Cambiaré tal cosa", o "Lograré aquel propósito". Por esa razón hay quienes jamás se fijan metas concretas ni se atreven a nada. Buscan evitar de esa manera la eventualidad de no lograr lo que persiguen y que los demás los perciban como débiles y fracasados.

Qué gran error, hijo mío. Porque te aseguro que si el Septentrión hubiese permanecido por siempre en el muelle, poco a poco, la inactividad y el clima se habrían encargado de podrir la madera y dejarlo inservible.

Lo mismo sucede con las personas que re-húsan enfrentar los peligros que acompa-ñan a los desafíos nobles. Con el paso del tiempo su carácter se debilita, su espíritu se acobarda y terminan por aceptar su in-capacidad para enfrentar cualquier aven-tura que ofrezca el más mínimo trance.

Olvidan que con frecuencia los grandes logros exigen riesgos enormes, y que quie-nes así lo aceptan son los únicos que tienen la probabilidad de cosechar cualquier vic-toria. Y así fracasen, mijo, por lo menos caen intentando alcanzar algo importante. Ten la plena seguridad de que aunque cai-gas mientras persigues tus sueños, tu lu-gar no estará junto a quienes, debido a sus temores e indecisiones, nunca conocieron victoria o derrota alguna.

Sé valiente, hijo mío, renuncia a las fal-sas garantías que suele ofrecer la medio-cridad y sal tras lo que sea que tu alma anhele, entendiendo que es mucho más pe-ligroso vivir sin ilusiones que arriesgarte a salir tras ellas.

Tu padre

Se fue a dormir con el recuerdo de su madre. Era consciente de lo mucho que ella sufrió.

...No soy nadie para juzgarte —pensó mientras se quedaba dormida—, pero en algún momento alguien tiene que ponerle fin al círculo de rencor y resentimiento que nos consume como remolino cuando nos limitamos a buscar culpables por nuestras desventuras... Todo se torna en una conjura, mama: el desamor inexplicable del padre, la incomprensión del esposo, las imposiciones de los hijos, la indolencia de los demás ante nuestro sufrimiento, las injusticias de la sociedad, las malditas costumbres... ¿Hasta cuándo debo a cargar con todo esto? ¿Y esperas que yo continúe aborreciendo a tus muertos...?

La despertó el canto de los pájaros. Abrió los ojos, pero permaneció inmóvil en su cama. Dondequiera que estés, mamá, confió en que hayas encontrado la paz que tanto anhelabas y espero que me comprendas cuando te digo que no continuaré acarreando con resentimientos pasados...

—¿Niña Rosario? —escuchó la voz de Mateo a través de la ventana que permanecía entreabierta, y supo que era hora de empezar un nuevo día.

— XIII —

Cada vida le ofrece su cosecha...

EL ÚLTIMO SÁBADO del mes de Noviembre llegó el champán que traía de vuelta a Simón. Llovió torrencialmente hasta después del mediodía. De pronto llegó corriendo el mandadero del puerto a avisar que la embarcación ya estaba a solo tres recodos río abajo. Pasadas las dos de la tarde comenzó a escucharse a la distancia la algarabía de los bogas que celebraban con su canto el fin del largo viaje.

Las calles del puerto se hallaban atestadas de gente. El arribo del champán no dejaba de ser una ocasión especial ya que venían extranjeros que en seguida proseguían, por tierra, su viaje hacía Santafé, Santiago de Cali y otras ciudades tan distantes como Popayán y Quito. Comitivas llegaban desde la capital a esperar a algún viajero importante. Rosario acompañó a Mateo para recibir a su tío.

Simón descendió de la embarcación y los saludó con gran regocijo. Se le veía muy contento.

Una vez cargaron los baúles en el carruaje, emprendieron el viaje hacia La Victoria.

Cuando llegaron al portón principal de la hacienda, encontraron a los obreros y criados apostados a lo largo del camino central dándole la bienvenida al patrón. Era emotivo ver el cariño con que lo saludaban. Rosario hizo preparar una cena especial para celebrar el regreso de su tío y todos estaban invitados. Simón no tenía intenciones de hablar de nada referente a la hacienda esa noche, así que luego de la comida salió a caminar con su sobrina mientras el resto del personal y algunos invitados especiales continuaron el festejo.

—Espero que este tiempo en La Victoria te haya dado la oportunidad de conocer más del lugar donde nació y se crió tu madre… y tal vez, conocerla un poco mejor a ella.

—He tenido mucho tiempo para… Digamos que no ha sido descubrir nada que ya no supiera, sino aprender a ver las cosas de otra manera.

—Nunca se termina de conocer a las personas, mija. Ni siquiera logramos conocernos del todo a nosotros mismos —sonrió como si estuviera pensando en algo en particular al decir esto—. Este viaje me ayudó a descubrir ciertas cosas sobre mí mismo que jamás me hubiera imaginado… A mis 61 años…

—Sabes que mientras Mateo trabajaba en la casona…

—Ya te dije que esta noche no quiero hablar de nada que tenga que ver con los asuntos de la hacienda —interrumpió él—, mejor cuéntame qué aprendiste durante este año…, algo que te haya sorprendido.

—Sabías que leeríamos las cartas… ¿no es cierto? —insistió ella mirándolo con picardía.

—Toda carta es escrita con la esperanza de que alguien la lea, ¿no crees? —respondió Simón haciéndose el desentendido.

—Mateo te quiere mucho, tío… Hubieras visto el cuidado con que… Bueno, supongo que eso también lo sabes.

—Olvidémonos de lo que yo sé, mija. Lo que quiero saber es qué piensas tú, Rosario Saldaña, de tu tío, de tu familia, de tu pasado… Eso es lo único que importa ahora.

La mención de su nombre le hizo recordar la última noche de la enfermedad de su madre, sus advertencias, el rencor persistente en su lánguida voz, aun sabiendo que le quedaba poco tiempo. Era como si no quisiera olvidar su odio, como si deseara cargarlo hasta el momento de su último suspiro. No quería que la muerte la encontrara arrepentida.

—Descansa Antonia —le insistía el padre Benítez, quien pese a la negativa de ella llegó a administrarle los últimos sacramentos—, deja ir todos esos resentimientos, hija. Mira que eso es el demonio perturbando tu alma…

Pero ella continuaba aferrada a su encono. Esa noche parecía ahora tan distante. Quizá su madre hubiese apreciado al hombre que ella encontró en La Victoria, al que le hablaba con tanto cariño, sin ocultar su arrepentimiento por lo ocurrido, deseoso de comenzar de nuevo, al hombre que escribió esas cartas, a quien el destino también golpeara duramente.

Rosario se detuvo, se volvió a él y lo abrazó con gran ternura. Él la apretó contra su pecho. A lo lejos, aún se alcanzaba a escuchar la algarabía de la gente celebrando, mientras ellos dos continuaron caminando en silencio. Después de un buen rato, cuando estaban cerca de la entrada de la hacienda, Simón se detuvo junto al último árbol que arropaba el camino:

—Sabes que este fue el primer almendro que sembré, hace casi medio siglo —dijo posando su mano sobre el tronco grisáceo y agrietado, como quien saluda a un viejo amigo—. Cómo ha cambiado... El tiempo es algo curioso, ¿no crees...? Supongo que tanto tu madre como yo cometimos el error de pensar que más adelante, algún día, tendríamos tiempo para arreglar las cosas. Fíjate... Me hubiera gustado... ¿Sabes, Rosario? No olvides que lo que no se arregla hoy corre el peligro de no arreglarse jamás.

—No me respondiste la pregunta de hace un rato... ¿Sabías que leeríamos las cartas? Mateo piensa que no solo lo sabías, sino que lo planeaste así.

Simón rió.

—¿Y qué crees tú? —dijo tomándola del brazo para emprender el camino de regreso a casa.

A la mañana siguiente, en cuanto terminó de hablar con Simón sobre el estado de la hacienda, las cosechas y las finanzas, Mateo compartió los pormenores del trabajo de demolición, la manera en que archivó cada objeto, la hornilla que guardó en caso de que quisiera instalarla en otro lado para mantener vivo el recuerdo de aquel lugar que tanto significó para él. Simón se mostraba muy complacido con el cuidado que el joven capataz tuvo con todo. Atendía con agrado el recuento que hacía de cada uno de sus descubrimientos: los libros, el herbario, los pasquines y los periódicos que él ya daba por perdidos.

Luego hablaron de las cartas, y de las tardes de lectura junto con su sobrina, buscando entender las lecciones encerradas en cada uno de esos maravillosos mensajes. Mi padre le confesó su preocupación de no saber si había cometido una indiscreción compartiendo las cartas con Rosario, aunque estaba seguro de que su lectura fue de mucha ayuda para ella. Llegó a esa conclusión al ver la manera en que ahora se refería a sus decisiones pasadas, sin culpar a nadie, sin remordimientos, aceptando total responsabilidad por todo lo que hizo o dejó de hacer.

Escuchando al entusiasmado capataz, Simón recordó el tiempo en que escribió las cartas y una leve melancolía se posesionó de él. Su mirada se perdió por momentos en un pasado que creía olvidado mientras traía a su mente las emociones que lo llevaron a escribir cada uno de los mensajes. Por una parte, la angustia de que algo le fuera a ocurrir a él antes de que su hijo naciera, ya que fueron años de gran agitación y conflicto en toda la región. Y de otro lado, la esperanza que siempre abrigó de sentarse un día a la sombra de un almendro a compartir todo lo escrito con ese heredero al que quería enseñarle tantas cosas. Al final, la violencia que él tanto temía pareció apiadarse de San Sebastián y pasó de largo sin causar mayores estragos; aun así, ese hijo que anhelara con todas sus fuerzas tampoco llegó y debió continuar su camino solo.

Ahora, sentado frente al joven capataz, Simón sentía un profundo regocijo de ver que él, por cuenta propia, decidió sumergirse en la lectura de aquellos escritos, ya que desde el mismo momento en que advirtió en el joven el deseo de mejorar, se propuso instruirle en los principios básicos para abrirse camino y progresar. Pero nunca quiso que fuera una imposición suya; por el contrario, anhelaba que la decisión de prepararse y crecer viniera siempre del propio Mateo, que fuera él mismo quien expresara su interés por aprender dichos principios y sintiera en su interior el afán de compartirlos con otros.

Por su parte, Mateo sabía que ese regalo que descubriera de manera inesperada entre los escombros de la vieja casona lo retaba a buscar en su interior la semilla de grandeza de la cual escribía Simón.

—¿Cómo marchó todo durante mi ausencia, Serafín? —preguntó Simón, quien esa mañana hacía gala del entusiasmo que siempre lo caracterizó.

Le era imposible ocultar su alegría por encontrarse de vuelta en la Victoria. La reunión con Mateo el día anterior le había dejado un buen sabor. Confiaba que algo similar ocurriera ahora. Pese a la pobre actitud que con frecuencia desplegaba Serafín, aún tenía la esperanza de que un día cambiara. Esperaba que aquel tiempo en que debió trabajar solo, sin tener que responderle a nadie más que a sí mismo, le hubiese permitido apreciar la satisfacción de un trabajo bien hecho. De ser así, lo que le aguardaba sería la recompensa justa a su esfuerzo.

—Sin mayores novedades, patrón —contestó él con cierto titubeo—. Ya Mateo le habrá informado que la cosecha de algodón no estuvo tan buena como se pensaba… Mucha lluvia… Pero las pérdidas hubiesen podido ser peores, así que debemos darnos por bien librados.

—Veo que terminaste la casa. Anoche examiné las cuentas… y todo parece estar en orden. Sé que no habrá sido fácil trabajar en la construcción sin descuidar ninguna de tus otras obligaciones, así que he decidido darte una paga adicional por este tiempo que debiste estar al frente de las dos tareas...

—Gracias por su generosidad, patrón... La verdad, no sé qué decir.

La sola idea de saber que su ardid no solo pasó desapercibido sino que fue premiado era evidencia de lo que él ya había terminado por celebrar como una verdad incuestionable: la mediocridad, audazmente encubierta, produce excelentes frutos.

—Serafín... Déjame hacerte una pregunta... ¿Te encuentras totalmente satisfecho con la casa que construiste? —la insinuación lo tomó por sorpresa—. ¿Estás complacido con el trabajo realizado?

El capataz vaciló unos segundos, no porque sintiera algún remordimiento o nada de eso, sino porque esa clase de preguntas tenían el aspecto inconfundible de las malas noticias... ¿Descubrió el patrón algún detalle que se le hubiese pasado por alto? ¿Acaso, Mateo...? Por un momento recordó el altercado que tuvieron meses atrás...

Tratando de mantener la calma y no dejar que los nervios lo delataran, respondió con firmeza:

—Totalmente satisfecho, patrón. Usted sabe la clase de trabajo que yo hago. Esté tranquilo que se hizo el mejor esfuerzo posible, estoy seguro de que cuando venga su hermano estará muy cómodo allí.

—¿Artemio…? No, Serafín… No sé de dónde has sacado la idea de que la casa es para él. Además, mi hermano ha decidido que le es imposible vivir sin el mar…

—Error mío, patrón… ¡Disculpe usted! Yo pensé que… De cualquier manera, don Simón, esté usted tranquilo que quien sea que la vaya a ocupar la encontrará de su total agrado.

—Pues, no sabes cuánto me alegra escuchar eso, Serafín, porque te tengo una gran noticia: ¡La casa es tuya! Puedes vivir en ella por el resto de tu vida.

Al escuchar esto, el capataz palideció. No sabía qué pensar, no lograba proferir palabra alguna, ni dar crédito a lo que oía.

Viendo su estado de confusión, Simón le recordó una conversación que los dos tuvieran poco antes de emprender su viaje. Serafín le había pedido permiso para realizar una expansión en la modesta vivienda que ocupaba, ya que su mujer estaba embarazada con su segundo hijo y necesitarían un cuarto más cuando naciera el crío. Pese a la insistencia de Simón, Serafín continuaba reacio a mudarse con su familia a la Triada, insistiendo en que prefería permanecer cerca de las viviendas de los peones.

—Pensé que éste sería un buen regalo de mi parte, Serafín… Un reconocimiento a los largos años que llevas trabajando en La Victoria —el capataz no lograba salir de su estado de total desconcierto—. Aunque en un comienzo creí que lo mejor sería contratar a uno de los constructores del pueblo, decidí que quién mejor que tú para encargarte de ella. Felicidades por tu nueva casa, múdate a ella con tu familia tan pronto como lo deseen.

Serafín continuaba sin saber qué decir, su mirada se tornó turbia y severa. El aire de arrogancia que llevaba encima desde que Simón le anunciara su decisión de incrementarle la paga por su trabajo, desapareció. Su cara adquirió una expresión grave, contrariada. En ese instante vinieron a su cabeza todos y cada uno de los menoscabos y tapujos en los que incurrió durante la construcción de la casa. Quiso sonreír para ocultar la cólera que abrigaba, pero todo lo que se dibujó en su cara fue una mueca de resentimiento y desconsuelo. Le era imposible ocultar la ira que sentía por su mala suerte.

Simón no tuvo más que ver su reacción inicial para comprobar lo que ya temía. Sin embargo no dijo nada. Solo sintió una gran lástima por el hombre que tenía frente a sí.

EPÍLOGO

CUANDO SALIÓ DEL CUARTO en compañía del Dr. De la Espriella, Mateo no necesitó preguntar nada, la cara de Rosario lo decía todo. Era la tercera vez en dos semanas que el médico había sido llamado de urgencia para atender a Simón. Aun así, rehusaba dejar La Victoria y embarcarse en el tortuoso viaje a Santafé. Una semana atrás De la Espriella les advirtió que la única opción que él veía era tratarlo en uno de los hospitales de la capital. Pero con 82 años de edad y su salud tan quebrantada, veía difícil que aguantara el viaje, y mucho menos que soportara el frío de la ciudad.

—El doctor dice que es cuestión de uno o dos días —dijo Rosario sin lograr contener el llanto. Mateo trató de calmarla para que Simón no escuchara la algarabía, pero ella estaba inconsolable. Yo permanecí a su lado sin comprender del todo lo que sucedía. Jamás había visto morir a nadie y no sabía cómo debía comportarse un niño de diez años en tales circunstancias.

—¿Está consciente, doctor? —preguntó Mateo. De la Espriella respondió de manera afirmativa con un ligero movimiento de cabeza y agregó:

—Tiene un profundo dolor en el vientre y ya se le dificulta respirar —luego bajó la voz para que no lo escuchara don Simón ni mi madre, quien aún lloraba sin consuelo—, aunque no me sorprende que se encuentre alerta. El *aura pre mortem*, don Mateo. No sé cómo explicárselo... Una extraña lucidez que experimentan los que agonizan..., poco antes de...

—¡Mateo, ve con él! —dijo mi madre creyendo haber escuchado la voz apenas perceptible de su tío, y le hizo señas a papá para que fuera a atenderlo.

Cuando él llegó al pie de la cama, el anciano lo miró, esforzándose por sonreír.

—Dile a los demás que no hay necesidad de que se anden con murmullos... Ya sé que me estoy muriendo, pero... —calló e inhaló con cierta incomodidad, como si se le dificultara tomar aire suficiente.

—No te esfuerces demasiado, Simón... Y deja de hablar así que aquí nadie se está muriendo.

Simón Saldaña cerró los ojos un instante y sonrió.

Mi padre miró a su viejo amigo. Aún en medio de su dolor, nada parecía perturbar la calma y la serenidad de su semblante. Su amigo, su maestro, se marchaba, tranquilo, en paz. Pensó en todo lo que había aprendido a su lado durante los pasados treinta años y en lo mucho que sus enseñanzas influyeron en su propia vida. Recordó la época en que Rosario y él encontraron aquellas cartas, y la manera como su lectura los unió y les ayudó a conocerse mutuamente.

—Sabes, Mateo… —dijo Simón con una extraña tranquilidad—. Me encuentro a punto de embarcarme en el más enigmático e intrigante de todos los viajes… Estoy ansioso… Recuerdo que Mutis solía decir… No sé si alguna vez te lo mencioné, pero él era una persona muy religiosa…, y en cierta ocasión en que hablábamos de la muerte me dijo que solo muere quien se marcha de este mundo sin dejar más huella de su paso por la tierra que una partida de bautismo en una iglesia… Yo creo lo mismo, Mateo…

Simón calló un momento mientras se recuperaba del esfuerzo que le suponía hablar, y luego continuó:

—También decía que a su modo de ver, la única manera de darle inmortalidad al alma era sembrando amor y sabiduría en el corazón y en la mente de nuestros semejantes... Ya sabes, él jamás pensó que la fe y la ciencia estuvieran peleadas... Aunque... no estaba convencido de que la iglesia compartiera del todo su opinión.

Papá le puso un paño húmedo en la frente para aliviar el calor sofocante y se acercó un poco más para que no tuviera que hacer tanto esfuerzo al hablar. Simón le tomó la mano.

—¿No te imaginas lo que vino a mi mente hace un instante, Mateo? Aun hoy, después de tantos años, me entristece no haber logrado que Serafín enmendara su conducta y hubiera salido adelante... No por lo de la inmortalidad de mi alma... —precisó, abriendo los ojos para asegurarse de que Mateo lo tuviera claro—, sino porque él jamás comprendió que de todos aquellos a quienes creyó engañar con sus mentiras el más perjudicado fue siempre él... Yo no planeé... Y me lo tienes que creer, Mateo... nunca me imaginé que esa casa fuera a ser...

—Ya mi amigo... No te martirices más con eso —lo interrumpió mi padre tratando de calmarlo—. Descansa un poco. Recuerda... Tú también lo has dicho: cada quien labra su destino... Serafín labró el suyo.

Así fue. Serafín no logró reponerse del golpe que le significó vivir en aquella casa producto de su propia apatía. El pobre, continuó culpando a todo el mundo por la mala partida que le jugara el destino hasta que ya no soportó más; a los pocos años abandonó la casa y se marchó de La Victoria con su familia. Jamás volvimos a saber de él.

Me acerqué a mi padre, mientras él contemplaba en la cara moribunda de Simón una placidez que solo puede venir de la certeza de haberlo dado todo. Supongo que fue ahí, en ese momento, cuando aprendí que la vida siempre encontrará la manera de recompensar a cada cual, no con lo que desea, ni con lo que busca, sino con lo que merece.

Entonces, me pareció escuchar un murmullo apenas perceptible:

—Vida, nada me debes... Vida, estamos en paz.